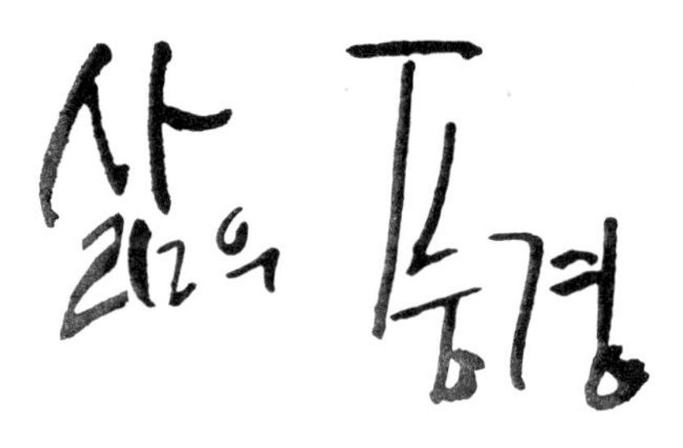

소산 문재학 시집

신세림출판사

삶의 풍경

소산 문재학 시집

머리말

인생은 유한하다
장구한 세월에서 보면 극히 짧은 인생, 어떻게 하면 보람되고, 즐겁고 행복하게 보낼지 모든 이의 소망일 것이다.

공직생활을 정년퇴임하고 쉬면서 우연한 기회에 삶의 향기 가득한 여유당 카페에 가입하고, 서정문인협회 등 여러 문인들을 만나게 되었다. 지금까지 잊고 살았던 삶을 되돌아보게 되었던 것이다.

봄. 여름. 가을. 겨울 계절의 변화는 각각 독특한 풍경으로 사람의 마음을 차분히 가라앉히고 많은 것을 생각게 했다.

바람. 물. 햇빛 등 아름다운 산하는 삶의 즐거움.
삶의 정신적 풍요를 느끼게 하는 보고寶庫였다.

많은 분들의 인연과 대자연의 품속에 살아가면서 조각조각 떨어지는 상념들을 주워 모아 글을 쓴 것이 어느새 한권의 책이 되었다.

오늘이 있기까지 소당 김 태은 시인님과 서정문인협회 고문이신 이 효녕 시인님의 각별한 지도편달에 감사의 인사를 드립니다.

그 외에도 많은 문우님들의 따뜻한 격려도 큰 힘이 되었기에, 문우님들의 소중한 댓글도 감사의 뜻을 담아 등재하였다.

처음 내놓는 글. 조금은 낯설고 부족한 글이지만, 꿈 많은 청소년에게 정서 함양에 도움이 되고, 이 책을 접하는 모든 분들의 가슴에 작은 여운餘韻이라도 남았으면 하는 욕심을 내어본다.

그리고 이 책이 나오도록 도와주신 이 시환 시인. 평론가님과 출판사 관계님에게도 감사의 인사를 드립니다.

2011년 2월

소산 문 재학

CONTENTS

차례 | 문재학 시집

1부 풍경

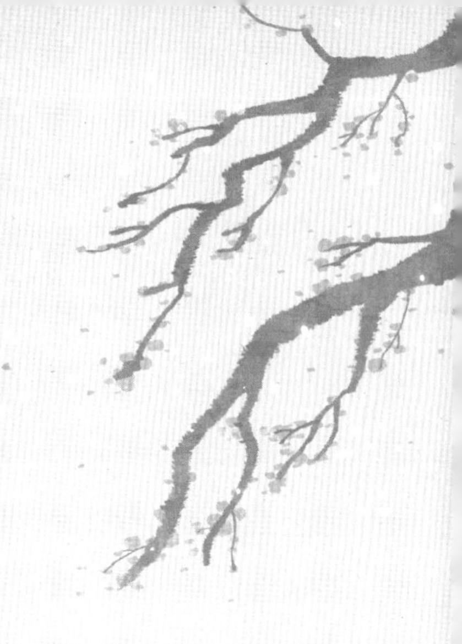

차례 | 문재학 시집

2부 사랑

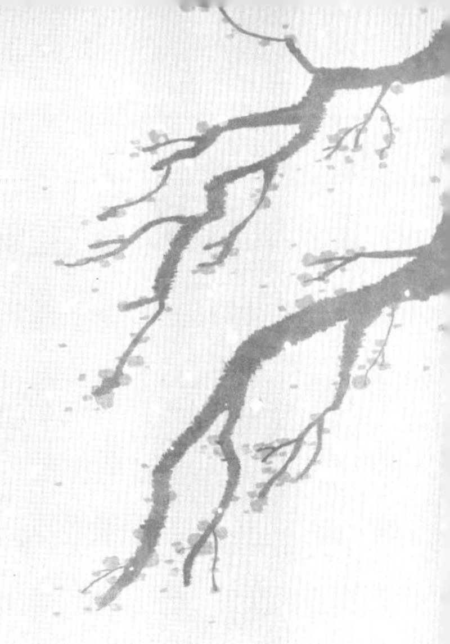

3부

추억

CONTENTS

차례 | 문재학 시집

4부 자연

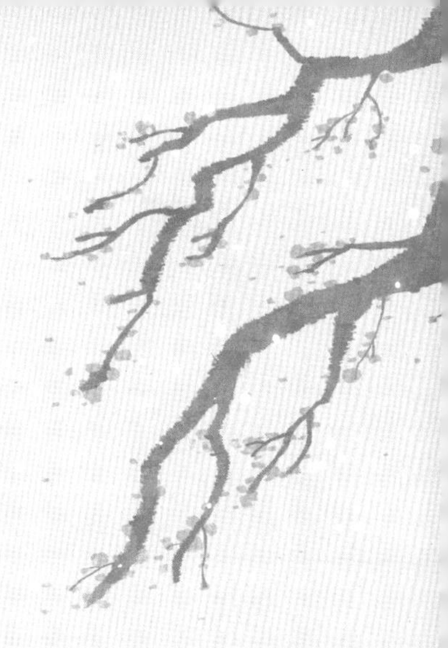

5부 사계

CONTENTS

차례 | 문재학 시집

6부 머언 나라 그 곳에서

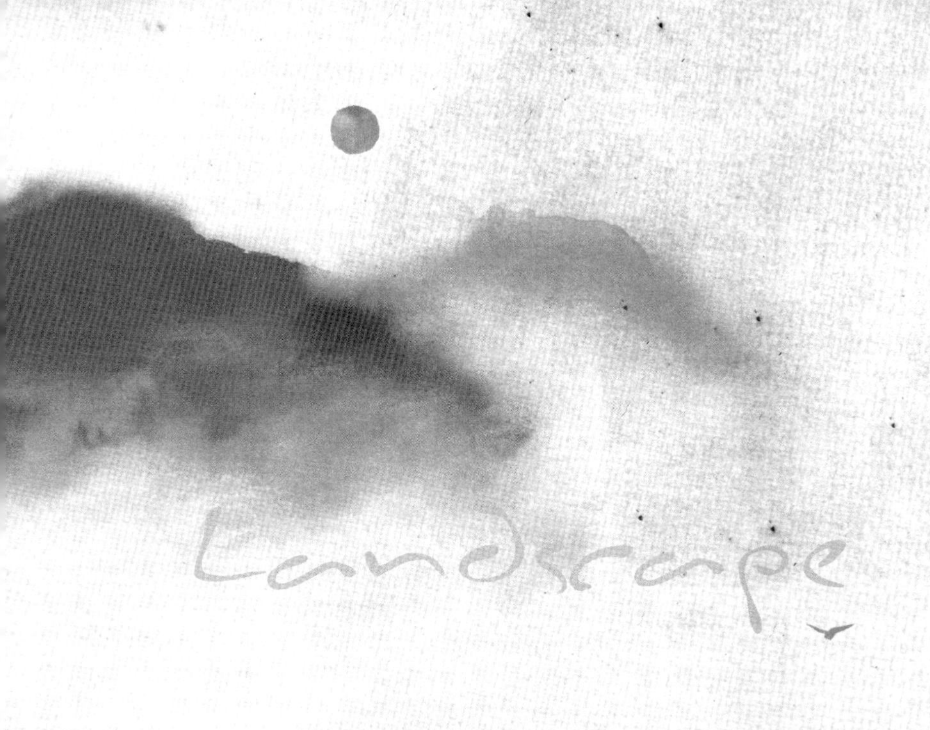

풍경

동구 밖/하얀 이별/잦은 손짓에/늘어나는 빈집///아이들 웃음소리 떠나간 고향/개나리. 진달래 만발해도/반기는 이 없어/삶이 허허롭다.//주인 잃은 뜰에/마른 풀 헤치고/바람결에 핀 민들레/샛 노랑 그리움 이네.//부산한 개짓는 소리/무쇠 솥 뚜껑 여닫는 소리/짙은 삶의 향기는/연기처럼 사라지고//기력 잃은 노인들/기침소리만/적막을 깨뜨린다.//애틋한 그 옛날 추억들/구불구불 돌담장에/까만 이끼로 남았다. -고향 풍경 전문

비 오는 山寺

어둠을 타고
내리는 비는
적막寂寞을 깨뜨리고

들릴 듯 말듯
환청幻聽으로 들리는
미물微物들의 울음소리는

심금心琴을 울리는
소리되어 다가 온다.

상념想念은
어둠 속에 깊이 내려앉아

이유理由 없는
고독孤獨에 젖는다

쉼 없이 흐르는 비
외로움에 시달리는
나그네에게

사람 사는 기척이
새삼
그립게 한다.

◑ **범운**
산사의 밤 적막은 겪어보지 않은 사람은 잘 모릅니다. 질흙같은 어둠속에 들려오는 산짐승의 속삭임들... 비라도 온다면 더욱더...

◑ **센스**
외로움에 시달리는 나그네에게 사람 발자국 소리는 무지 반갑지요? ㅎㅎ비오는날은 더 외로울것 같아요~^^

◑ **성산**
산사의 고독, 더우기 비가오는 어둠 속, 헤르만 헷세의 말처럼 "안개속을 거닐면 모두가 혼자이다."의 생각이 납니다.

◑ **초연**
비가 내리는 날이면 더욱 마음이 외로워지는것... 누구나 다 같은 마음인가 보네요. 님의 글을 애독하고 있어요. 자주 뵙기 바랍니다.

◑ **얄리**
비오는 날이라..... 님의 글이 더욱 멋져요.

가덕도加德島

동남향 끝자락 가덕도
외침을 알리는
첨봉의 연대봉燃臺峰
국난의 방어흔적 연기로 남았다.

봉수대에 어린
선인들의 얼
감회의 옷깃을 여민다.

이제는
광활한 부산 신항을 안고
표표히 떠가는
수많은 화물선
포말을 일으키며
해양을 주름잡고

살가운 봄바람
수목사이 스며들어
만물을 일깨우듯

누천년을
든든하게

국력신장의 불 밝히는 등대로서
신항의 거대한 방파제로서

거제도 행 징검다리로서
짙푸른 바다를 지킨다.

◑ **남상효**
예전에 한번 다녀온적이있는데 시향을 보니 또가고싶어요 훌륭하신글 잘보고갑니다 문운하세요^^
◑ **여름이**
많은 국난을 방어하며 봄날의 파도를 가르며 늠름하게 버티는 가덕도. 그 섬에 살며시 왔다갑니다
◑ **여울**
천혜의 자연경관을 갖고 있는 가덕도에 교통도 편리하게 만들고 외국 자본을 유치해 관광 휴양시설을 조성해 나가면 세계적인 관광지가 될것입니다. 가덕도 역사와 얼을 되세겨 보았습니다.

비내리는 해운대

푸른 물결 토해내는
겨울바다 해운대

사랑을 꿈꾸던 백사장
행복했던 순간들

쫓기는 세월 따라
떠나간 공간
겨울비가 내린다.
소리도 없이

순백의 그리움도
감미로운 속삭임도
거친 파도에 부서지고

갈매기 날개 짓도
쓸쓸한
차가운 백사장

쓰라린 외로움
눈물비로 잦아든다.
흔적도 없이

㉠ 송백
좋은시 잘 감상했습니다.~~
㉠ 竹虎 김홍만
비가 오든 눈이 내리든 해운대는 멋진곳입니다.
㉠ 29회 백재용
텅빈 해운대 백사장 갈매기때 한가로히 춤을추고수많은 피서인파 사계따라 떠나가고부딪치는 파도소리 단잠을 깨우듯 선배님의 시어 추운 겨울날에 따스하게 다가옵니다~~
㉠ 문경자(21회)
눈내리는 해운대가 아니고 비내리는 해운대라고 하니 어찌좀 슬쓸한 느낌이 듭니다. 눈이 내리는 해운대는 포근하고친근감이 있을 것 같은 작은 생각을 해봅니다. 좋은 시 잘 보고 갑니다.
㉠ 겨울나그네(구미)
님의 시귀를 모두 마음에 새겨갑니다. 글쓰시는 시구절이 아마추어가 아닌데요?좋은글 감사드리고, 더많은글 부탁드립니다.

거가 대교

해풍도 쉬어가는
아늑한 부산 신항 관문에
민족의 긍지. 신기술의 꽃
거가 대교

해상십리 해저십리
아름다운 다도해를 주름잡아
조국의 번영과 희망
꿈이 꿈틀거린다.

새로운 새역사
번영의 숨결이
푸르게 넘실거린다.

가시적인 현상
찰나로 다가오는
감미로운 흥분

찬란한 자태로
남도를 빛낸다.

☉ **소당 김태은**
찬란한 자태로 남도를 빛낸다..... 멋진 시어에 감탄합니다.
☉ **竹虎 김홍만**
거가대교 개통으로 빠른 시대가 왔습니다. 돈은 들어가도 좋은것은 아주 좋은것입니다.
☉ **이뿌니**
가거대교 꼭 가볼랍니다. 12월 까지는 무료 라고 하지요통행료 말입니다.
☉ **29회백재용**
푸른바다 해수위 거가대교 웅장하기 그지없습니다. 남도를 가르는 선배님의 시어가 너무 도좋습니다.
잘읽고 갑니다.
☉ **설화**
아름다운 우리강산에 거가대교 세계적으로도 손색없는 찬란하고 웅장한 우리의 남도 꼭 가보고싶네요. 거기에 소산님의 멋진시 잘보고갑니다.

소록도

비운悲運의 슬픔안고
녹동 해협을 건넌 이가
그 얼마인가

냉대冷待의 설움과
핍박逼迫의 수모受侮를 피해

사랑하는 부모형제 곁을
떠나온 모진 세월

무너져 내리는 육신肉身
희망과 꿈이
하얗게 바랜지 오래다.

피눈물도
여울의 조류로 흘렀고
한숨소리 조차
솔바람이 삼키니

원망스러웠던 지난날
돌아보는 곳에

고통과 슬픔. 한恨의 흔적이
내방객來訪客 가슴을
아리게 한다.

◔ 여울

작은 사슴의 형국 이라서 소록도라 했다지요. 고흥반도 끝 녹동항에서 배로 5분거리. 지금은 육로로 이어졌더군요.임의 글을보며 다시 더듬어 보았습니다.

◔ 소당

작은사슴같이 생겼다 소록이라 부르는가~ 숨을 쉬며 기도하는섬~ 다시한번 감사하리

◔ 남상효

몇년전 소록도여행했던 생각이나는 시간입니다 문운하십시요

◔ 竹虎/김홍만

같은 사람인데 격리되어야만 하니 소록도의 눈물은 더 아플것 같습니다

◔ 문경자(21호)

소록도 아픔이 많은~~~ 잘 보고갑니다.

◔ 남송

우리고향 녹동과 소록도 소재된 고귀한 시를 재부고흥군향우회 카페에서 복사 해 갑니다. 감사합니다.

할미. 할아비바위

태안군 안면도
십리 길
꽃지 해수욕장을 지키는
할미 할아비바위

슬픈 전설을 품고
어깨를 나란히 하며
관광객을 손짓 한다.

오늘도
눈부신 낙조落照는
바다 수면위로
긴 그림자 드리우고
붉게 타 오르네.

새 하얀 백사장 굽이 따라
멀리
롯데캐슬의 미려美麗한 건물이
한 폭의 수채화로 다가오는
바닷가

경관을 영상으로 주워 모으는
서정문학회 문우님들
모든 것 까마득히 잊고

할미 할아비바위의
변함없는
아름다움에 홀려
시간 가는 줄 모른다.

☉ **서연/강봉희**
어제 잘 가셨나여... 이른아침 멋진시 올려 주셨네여..넘 반가웠습니다...
☉ **松岩 김은재**
어제는 의미있는 좋은 하루였습니다. 아름다운 기행 시 어제를 생각하며 움미 합니다.
☉ **素堂/김태은**
소산님 멋지고 아름다운 시어에 감탄합니다.

고성 상족암

성급하게 찾아가는
남쪽바다 봄 마중
동백꽃 미소 짓는
해안 길 돌고 돌아
찾은

비릿한 내음 풍겨오는
정감어린 바닷가
萬古에 모진 해풍이 빚어낸
奇妙한 암벽의 상족암
관광객 발걸음 불러 모으고

多島의 絕景사이로
실구름 걸치고 떠오르는
선홍빛 태양
아침노을의 숨 막히는 光彩는
해수면을 길게 드리우며 타오른다.

遠近에서 힘찬 날개 짓하는
갈매기 群舞
상족암을 싸고돌며
봄을 깨운다.

海水에 鍊磨된
세 가닥 공룡 발자국

백악기 산비가 뻔쩍이는
상족암 해변가

고요한 아침
가벼운 여행길에 밀려오는 해풍은
포근한 봄기운이 同行 한다

⊃ 여름이
비릿한 정겨운 바닷가. 따뜻한 해풍이 여행객의 마음도 봄으로 돌려놓는 가봐요.이시를 읽으니 바다에 가고 싶습니다. 좋은시 감사합니다.
⊃ 시인 김현만
가벼운 여행길에 밀려드는 해풍 포근한 봅기운이 동행을 한다.... 시어가 싱그럽습니다.... 해풍에 밀려드는그봄바람속에 아늑한 어머니품이 그리운 시간입니다..... 남녁에봄을 시인님께서 홀로 다 맞으셨습니다요 그려....

사랑도 산행

바다에 떠있는 지리산과 옥녀봉
충무시 사랑도 다.

삼천포 와룡산과 연륙교가
지척에서 손짓하는
삼백 리 한려수도 다도해에

기암절벽
수직으로 융기된 시루떡 바위가
좌우左右에 수많은 섬들을 거느리고
잔잔한 감탄을 자아내고

시종일관
아찔한 칼 바위 능선이
바닷바람보다 먼저
쏟아지는 땀방울을 걷어낸다.

굴 수하 식 부표가
유리알처럼 가득히
섬 사이로 떠있는 바다

간간히 지나는 통통배가
작은 물보라 일으키며
잠자는 어촌漁村을 깨운다.

산새들과 풀벌레 합창과 함께
잠시도 긴장을 풀 수 없는
스릴 넘치는 사랑도 산행.

ⓢ **솔향 최명운**
그 모습을 멀리서라도 그려집니다. 부표가 떠있는 바다 통통배 바다에 획을 그리며
ⓢ **문광 윤병권**
문제학 선생님의 건운을 기원합니다. ^^*
ⓢ **仁塘/윤명숙**
한 폭의 그림을 보는 듯한 고운 글에 감사드립니다. 늘 건필하소서
사랑도 가서 소산님의 시상에 저도 한번 젖어 보고 싶군요~^^
ⓢ **시인 김현만.**
아름다운곳을 다녀 오셧습니다. 저도 몇번 다녀온 곳입니다. 지금은 행정구역상 통영시 관할이고 뱀사자 둘량자를 써서 사량도 라고 하지요 지리망산에서 바라다보는 한려수도 국립공원은 그야말로 세계 음뜸이죠 건필 하소서.....
ⓢ **성산**
한려수도의 멋진 풍광과 낭만을 엿볼 수 있는 시입니다. 감사합니다.

천성산 내원사

천성산千聖山 깊은 산속
자리 잡은 내원사內院寺

원효대사의 일천제자 얼
팔십구 암자에 깃든지
천년 세월이 였네

도란도란, 굽이굽이
십리길 옥수玉水 물소리
지친 몸을 달래고

우람한 솔바람
속세의 번뇌煩惱를 씻어내는
세진교洗塵橋 지나 내원사

선해일륜禪海一輪의 수도修道 암자에
정적靜寂의 독경讀經소리
산새소리에 잦아들고

가냘픈 비구니의
팔랑거리는 승복위로
짙어가는 가을향기
산사山寺를 휘감고 도네

竹虎/김홍만
문재학시인님 만나 반가웠습니다 늘 건필 하소서
안개 남우현
좋은 아침에 독경소리 울려오는 천성산 산사에 머물다 갑니다.
시인 김현만.
선생님 내원사가 비구니 절인가요....? 경기도 시흥시 소래산자락에도 내원사라는 동명인 사찰이 있어 말씀을 올립니다. 가을향기 짙어가는 산사에서 고운 향기에 젖어봅니다 건필 하소서.
소당
고요해 보이는 느낌이 들어요 독경소리 산새소리가 들리는듯 합니다
29회백재용
천성산 중턱 비구니 참선도량 내원사 아침산사 쇠북소리 처량하게 들려오는듯 선배님의 시어에 찬사를보냅니다. 잘읽고갑니다~~

고향 풍경

동구 밖
하얀 이별
잦은 손짓에
늘어나는 빈집

아이들 웃음소리 떠나간 고향
개나리, 진달래 만발해도
반기는 이 없어
삶이 허허롭다.

주인 잃은 뜰에
마른 풀 헤치고
바람결에 핀 민들레
샛 노랑 그리움 이네.

부산한 개짓는 소리
무쇠 솥 뚜껑 여닫는 소리
짙은 삶의 향기는
연기처럼 사라지고

기력 잃은 노인들
기침소리만
적막을 깨뜨린다.

애틋한 그 옛날 추억들
구불구불 돌담장에
까만 이끼로 남았다.

㉠ 님프와 요정

고향생각이 간절해 지는 시입니다. 감상 잘 했습니다.

㉠ 태산

젊은이들은 도심으로 다 떠나버리고 텅빈 빈집이 을씨년스러워 보이는 이런집이 한둘이 아니겠지요 저는 하루라도 빨리 시골로가서 살고싶은데 언제나 이행이 될지 모르겠네요.... 좋은 시 감상 하고 갑니다.

㉠ 아쿠아

사람 발길이 닫지않아 풀이 자라는군요. 젊은이는 도시로 모두다 떠나니 대청마루(?)에 적막함이...

㉠ 환이

제가 자란 집도 이젠 폐가가 되어 있습니다. 은퇴하면 그곳에 가서 살아볼까 생각도 해 봅니다. 좋은 시 고맙습니다.

㉠ 竹虎 김홍만

이런 흔적이라도 남아있으면 참 좋겠네요. 나의 고향집은 흔적도 없으니 서글프네요.

홍도

갈매기 길 안내로 두 시간 여餘
망망대해에 홀로 떠있는
외로운 섬. 홍도

억겁億劫의 세월 속에
끝없이 밀려드는 파도
거칠게 부는 비바람이 빚어낸 풍광風光

온갖 형상과
기암괴석이
저녁노을에 붉게 빛난다.

거치련 바다 마다 않고
찾아온 수많은 관광객

뱃머리 돌릴 때 마다
숨 막히는 비경
탄성 ! 탄성이다.

해풍海風에 살랑거리는
비단결 같은 풀잎
그 사이로 울긋불긋한 관광객

사 그러
파도가 일 때마다
몽돌 해수욕장의
물 빠지는 분홍빛 소리

아름다운 홍도의 추억이다.

오늘도 분주한 하루 보내고
외로운 파도 벗 삼아
어둠의 적막 속에
영겁永劫의 숨을 쉰다.

보중
홍도 정말 좋은 곳이죠 그 비경을 그림 그리듯 시어가 살아있네요. 감사합니다.
소당
홍도를 가 보고 싶어요. 아름다운 詩語 속에 머물다 갑니다.
초연
아름다운 시상에... 한참 머물다 갑니다. 자주 뵈어요.
성산
홍도는 배타고 돌며 구경하는 맛이 최고지요? 아름답고 멋진 시를 읽으며 추억에 잠겨봅니다. 감사합니다.

고향故鄕

고향
떠올리기만 해도
유년시절幼年時節로 돌아간다.

그리고
솜처럼 부드러운
편안便安함을 느낀다.

세파世波에 지친 몸을
의지 하고픈
최후의 보루堡壘처럼

부모님의 채취가
묻어나고
형제간의 정이 서린 곳

이 세상에서
가장 정다운 곳이다.

그 산
그 강
푸른 하늘

생각 할수록
달려가고 싶은

변함없을
그 산천
내 고향으로

◌ 천부
아름다운 고향은 언제나 마음속에서 그려지는 모습입니다. 그리고 그 시정이 가장 아름다운 곳이 었던 것 같습니다. 제 고향은 춘천입니다. 노사연과 이외수 고향이기도 하지요.

◌ 성산
고향은 어머니의 품, 정이 넘치고 편안함이 묻어나는 곳, 시야를 넓히면 지구촌도 고향이라 여기어 더욱 사랑하며 보호해야하겠죠? 감사합니다.

◌ 여소당 김태은
소산님의 순박한 시심에 머물다 갑니다.

◌ 센스
멀리 지방에서 올라오신 분들은 고향 하면 더 애착이 가고 정이 가고 할것 같아요~ 저처럼 고향 근처에서 살면 그리 고향에 대한 애착은 별로 없네요~^^ㅎㅎ

◌ 태산
고향 근처에 살아도 항상 그곳을 그린답니다 내 뼈가 만들어진 곳이기에, 더구나 흐르는 강물에 울엄마 잔영이 항상 흐르고 있으니...... 좋은시 즐감 했습니다.

길

항시 다니던 길
그 옛날 그리던 임도
못 잊을 고향 친구의 그림자도

바람이 일 때 마다
아지랑이 되어 피어 오르네.

살길 찾아 떠난 그길
수많은 사연 쌓이고

정다웠던 시절은
한없이 멀어져 간다.

그리고
소쩍새 애처로운 울음 따라
슬픈 노래만 남네.

때로는
정인情人이 떠난 길가
철 따라 피는
화사한 야생화가
발길을 멈추게 하지만

시간은
모든 것을 안고 무정無情하게
길 따라 흘러간다.

태산
길이 바로 우리네 인생이지요 그길에 희노애락이 다 있으니....... 감상 잘 했습니다.
소당
길 이란 시상에 빠저 봅니다. 시간은 모든것 안고 무정하게 길따라 흘러 간다.
성산
보이는 공간적 길과 안 보이는 시간적 길을 우리는 거닐며 살아가지요? 기쁨과 보람이 있는 사랑의 길이 되기를 다집합시다.
해솔
무심코 걷던 길.... 소산님의 시를 보고나니 참 내가 걸었던길들이 기쁘고 슬프고 사연도 많았던것 같네요... 내일도 또 그길을 걸아야 하겠지요... 감사합니다.

내 고향 지금은

삶이 고달플수록
더욱 그리운 고향

정겨움의 햇살이
포근히 내려앉는
마음의 安息處

모두가 生業 찾아
뿔뿔이 떠나버리고
無情 세월도
덧없이 흘렀다.

향긋한 풀내음 가슴에 안고
실개천 따라
뛰놀던 철없던 시절
아련한 추억이였다.

연분홍 진달래가 至賤으로 피던
戀情의 오솔길
울창한 숲이 되어

바람이 일때 마다
恍惚했던 님의 숨결
솔바람 소리로
여린 가슴을 적시네

변하지 않은 파란하늘
산마루를 넘는 꽃구름도
쓸쓸한 고향

허전한 마음 가눌길 없다.

◔ **성산**
꿈 속에 그려라 그리운 고향! 옛 터전 그대로 향기도 높아 지금은 사라진 동무들......
◔ **안개 남우현**
그때의 길을 걷고있는 기분입니다, 지금은 흩어지고 없어진 고향의 정들....., 돌아보게 하여 주셔서 고맙습니다.
◔ **소당 김태은**
지금은 찾아볼 수 없는 친구들.... 부모님 산소와 내가 낳은 집 땅만 덩그렁 남아 있어요 아름다운 시 입니다.
◔ **여울**
누구에게나 고향이 언제나 그리움으로 남는것은 그 시절이 다시오지 않기 때문인가봐요. 감사합니다.

동백섬

빤짝이는 오월의 新錄속
秀麗한
동백섬 바닷가

그 옛날의 흔적 찾아 왔건만
육십층 摩天樓 낯선 그림자
가슴을 짓누르는 구나

멀리 水平線으로
가물거리는 海風
소리 없이 밀려와
철썩철썩
바위 두드리는 소리에

누리마을에 깃든
세계 정상들의 숨결
자랑스런
추억으로 살아난다.

오늘도
몰려드는 人波의 발걸음
동백섬을 돌고 돌아

해운대 백사장에
새로운 痕迹을 남긴다.

➲ **여름이**
동백섬이 개발이되어 그옛날 자취는 없어도 그래도 철썩철썩 해풍의 바위 두드리는 소리 소산님의 가슴을 두드리지요.
➲ **소당 김태은**
소산님 사진도 잘 올리시고 시향이 아름답습니다 이제 서서히 보따리 풀으시는 군요.
➲ **의제**
동백섬에서보는 광안대교. 와 하늘높은줄모르고 올라 간 고층 빌딩..... 부산의 정경이 많이 달라진것같습니다.
➲ **태산**
누리마루를 잘 찍어셨네요. 지금 그곳은 서울 강남이나 마찬가지라는데 경치는 훨씬 더 좋답니다... 좋은시 고맙습니다.

바닷가에서

행복했던
지난 세월
못 잊어 다시 찾은 바닷가

변함없이 파도는 일고
갈매기 소리 청아하다.

탁 터인 바다
수평선을 바라보고도
마음의 응어리가 풀리지 않는 건

백사장에
둘이서 새긴
사랑의 밀어를
찾을 길 없어서일까?

시선이 머무는 곳에
피어 있는 해당화가
미소 띤 당신의 볼우물로 다가와
깊이를 알 수 없는 아픔에 젖는다.

끝임 없이 밀려오는 파도에
부서지는
패각貝殼의 울음소리

끝내
마음의 상처만 키운 체
돌아선다

⊙ **자수정(안경자 29회)**
백사장에 새긴 글이 어느새 파도에 쓸려 가버린~ 그래서 다시 쓸수 있었으면 좋겠습니다 ^^
⊙ **29회백재용**
깅자야 선배님이 진짜로 시인이 시다 바닷가 여울지는 갈매기 노래하는듯 사랑에 시어를 구상하는 것이 너무도 감탄이 절로 안니 나는가~~~~
⊙ **한기창(28회)**
아름다운 글에서 잠시 쉬어 갑니다.
⊙ **태산**
첫사랑의 흔적을 찾아 바닷가를 찾으셨구려... 추억이 묻어나는 고운시 입니다.
⊙ **성산**
"산천은 의구하되 인걸은 간 데 없네." 길재선생의 시조처럼 바다는 그대로나 동행했던 그녀의 모습 찾을 길 없어... 애달픈 시입니다.
⊙ **해솔**
밤을 새며 바닷가 섬에서 밤낚시하던 때가 생각납니다. 바다는 마음을 편하게하지요. 바닷가에 추억은 누구나 다 있을것 같네요. 시 질 감상하고 갑니다.

작천정酌川亭

벚꽃나무 터널 지나
간월산 자락

모진 風霜에
鍊磨된 우람한 하얀 岩盤
이름하여 酌川 溪谷이다.

방울 방울 티는
玉같은 물
가슴은
설레임으로 가득하고

수많은 詩人墨客의
아름다운 詩語들
술잔마다 피어난다.

많은 세월을 두고
매끄러운 盤石을 타고

흐르는
물소리
솔 바람소리
甘味로운
想念을 쏟아내며

뭇 사람의
발길을 잡는다.

미연
소산시인님 시심이 부러워요 잘 보고 갑니다.

여름이
간월산 자락의 적천정, 뒤의 산과 앞의 계곡 소산님이 감미로운 상념을 쏟아낼만큼 아름답습니다

히스토리
한 잔의 술과 시어, 우정이 녹아있는 단아한 정자와 겨울 시냇가---옛 풍류객들의 정취가 감돌고 있는 것 같네요~

아쿠아
아름다운 작천정에서 옛 풍류객들을 상상하며 쏟아 내신 글을보며 남정네는 아니지만 同心으로 느껴 봅니다.

태산
역시 시인 이십니다 다녀가시더니 벌써 이렇게 고운 시향으로 뿜어내시니.... 건강 하세요.

환이
풍광을 보니 옛날 선비들이 당나귀에 가야금을 싣고, 기생 몇 데리고 갔을 법 합니다. 다음에 한국가면 한번 안내 좀 해 주세요. 아름다운 시, 고맙습니다.

백두산

온 세상을 군림 한듯한
그 위용
새삼 옷깃을 여민다.

태산준령은 거늘어지 않았지만
억겁의 세월을 두고
수많은 사연을
끝없는 평원. 산자락에 간직한 채

화창한 날씨에
기대를 안고 오르는 자에게
갑자기 눈보라를 선사한다.

좀처럼 보이지 않는 영봉靈峰
시련試鍊의 고통을 준 후
살짝 속살을 들어낸다.

얼어붙은 산정상의 광대한 수면水面
눈과 함께
형언 할 수 없는
연봉連峰의 아름다움이
경탄驚歎을 자아낸다.

속살의 영상을 담은 자는
살을 파고드는 추위가

하산을 재촉했다.

하산을 하면서 뒤돌아보니
어느새 거짓말 같이
흩어지는 구름사이로
정상에 햇빛이 쏟아진다.

변화무쌍한 그 자태에
탄성. 탄복이다.

짧은 시간의 변화
신성 스러운 모습
민족의 영산靈山
백두산白頭山

성산
아직 가보지 않은 신성스런 백두산의 위용과 정기를 느낄 수있는 명쾌한 시어들과 배경음악 넘 감사합니다.

신우
소산님 백두산에 다녀 오셨군요.영산에서 좋은 시까지 탄생하고...... 좋은 여행 이었으리라 생각듭니다. 잘 읽고 머물다 갑니다.

소당
백두산에 다녀오신 사진은 여행방에 올리셨나요? 저도 몇년전에 시인님 들과 교수님 평론가분과 여러명 함께 초청으로 갔다가.... 백두산 천지 까지 잘 보고 왔어요. 여행 사진방에 동행한 회원님이 사진 올렸어요. 멋진 시 입니다.

봉평장

첩첩 산중이지만
고속도로가 시간을 단축
단숨에 찾았다.

이호석님과 메밀꽃의 상징
봉평장

곳곳에 소설 속 인물들이
나그네를 반긴다.

허가를 채워주던
구황작물救荒作物
메밀

가뭄이 심할수록
각광脚光 받았다.

메밀전병
메밀국수
지금은 별미別味로 즐기지만

그 옛날은
가난 속 인고忍苦의 세월 이였다.

단순하고 순박한

나눔의 정
두터운 인심
노점상露店商에서 피어난다.

정겨운 봉평장
인정이 넘치는
삶의 장터였다.

범운
봉평장이란 소리는 자주 들어 보앗습니다. 어디가나 면소재지의 장들은 소박함과 정이 넘치더군요.
해솔
봉평 막국수를 가끔 찾아 먹었는데... 요즈음은 한참 못 가본것 같으네요... 정겨운 시골장을 참 좋아하는데...ㅎㅎ
광개토대왕
메밀꽃이 눈에 선하네요. 시에 경치와 인심이 보이는 것 같네요.
모니카/박종욱
시골 5일장이 아직도 우리네 삶속에 정겨운 추억으로 자리매김 되고있는데 봉평장은 못가보았지만 작년에 메밀꽃축제에 다녀오면서 막걸리와 막국수를 맛있게 먹고왔던 기억이 새롭습니다.
태산
소산님의 여우있는 여름한날 망중한을 봅니다. 언제나 좋은글 감사 드립니다.

석남사石南寺

아름다움을 자랑하는
가지산의 峻嶺
나풀거리는 軟草綠
오월의 물결이
산자락을 감돌고

悠久한 고찰의
石南寺
신라 현덕왕 시
도의국사의 慧眼이
천년절경에 스며든다.

울어진 수목사이
푸르럼을 더하는
산들바람은
古色蒼然한
비구니의 禪院으로
찾아드는데

재잘거리던 童女 승
흔적은 간곳없고

낭낭한 여승의 讀經소리
시원한 계곡의 물소리가
無我의 상념에

빠져 들게 하는구나.

◑ **소당**
가보고 싶어라
◑ **여름이**
저 또한 이시를 읽으니 마음이 편안해 지면서 무아의 상념을 느끼게 됩니다.
좋은시 감사합니다
◑ **시인 김현만**
네.. 고맙습니다.. 양산 그쪽으로 문화제급 사찰이 참많군요... 시인님 글속에서 은은한 풍경소리가 나서 한참을 머물다 가옵니다 건필 하소서
◑ **29회백재용**
불경소리 독경소리 조용한 산사의 석남사산계곡 휘감는 선배님의 시어에 쉬었다 갑니다 ~~

해인사

장엄莊嚴한 가야산 자락에
터 잡언지 천년 세월

태고太古의 정기 서린 곳에
선인들의 예지叡智 감돌고

국태민안國泰民安을 비는
팔만대장경
경건敬虔한 마음. 옷깃을 여민다.

시선 돌리는 곳마다
깊은 사연들
발길을 멈추게 하네

밤이면
스님들 독경讀經소리에
세인의 번뇌煩惱 씻어 내리고

간간이 부는 솔바람에 풍경風磬소리
적막을 깨뜨리는 구나

오늘도
만휘군상萬彙群象과 더불어
세월 속으로 흘러간다.

해인사!
세계문화유산과 함께
영원 할 지어다.

◌ **소산**
해인사는 의상대사 법손인 순응. 리정 두분 스님이 신라 40대임금 애장왕 3년(서기802년)에 왕의 도움을 받아 지금의 대적광전에 창건 하였다 함.
◌ **태산**
과연 우리나라 4대 사찰의 으뜸이라 할만 합니다.
◌ **성산**
가야산 자락에 위치한 해인사와 팔만대장경은 합천인은 물론 한국인 모두의 자랑이지요?
◌ **29회백재용**
조용한 산사에 내고향 해인사 실개천 따라 봄꽃이 반기고 어릴적 수학여행 지금은 많이도 변해서리라 ~ 선배님 영초님들을 마음을 사로잡기에 충분합니다. 해인사의 쇠북이 들리는 듯 선배님의 시어에 갈채를 보냅니다~~

선암사仙巖寺

호남의 명산 조계산 자락에
천오백 년의 역사가
살아 숨쉬는
선암사 찾는 길

계곡을 따라
솔바람과
단풍의 향기 가득하다.

떨어진 낙엽의 소리는
가랑비가 잠재우고

만추晩秋의 스산함이
밀물처럼 밀려오네

승선교昇仙橋 돌다리 지나
일주문一柱門 다달으니

수많은 대사들 흔적痕迹
선풍禪風이 감돈다.

육백 년 수령樹齡
천연기념물 백매화白梅花
발길 붙잡고

천년 고찰의 정경情景
세속俗世의 분진粉塵을
씻어 내린다.

◔ **소당**
선암사에 600 년된 천연기념물 백매화 까지 사진에 담아오시고 시 까지 멋지게 잘 쓰셨습니다. 건강하실때 많이 여행 다니십시요.
◔ **성산**
선암사 가는 길과 시를 읽으니 구도자의 삶을 느끼게 됩니다. 감사합니다.
◔ **竹虎/김홍만**
그안에서 나를 찾는듯합니다 고운글 감사합니다.
◔ **모니카/박종욱**
전국에서 유일하게 한국식정원(계단식) 정원이 남이았어 학술적인 가치가 커 많은 외국인들이나 학계에서 관심갖는 곳으로 알고있습니다~ 멋진곳 다녀오신 소산님, 넘 많이 격조했지요? 대웅전 문밖에 누어있는 꼬부랑 소나무와 계곡의 아취형 다리는 잘 있든가요?

추억의 명동거리

옛날이 그리워 찾은
추억의 명동거리

속삭이던
그임의 입김은
아득한 세월 속에 서성이고

끊어질 듯 이어지는
그 시절의 흔적
아롱아롱
현란한 네온에 흔들린다.

거리는 변함없는데
화려한 빌딩 숲
세월 따라 변했네.

잊으려 해도
지울 수 없는
나만의 추억

거리를 메운
군상 속으로 스려들고

밀려오는 허전함에
돌리는
발길만 무겁다.

산나리
누구나 크리스마스의 추억은 있을 거에요. 특히 명동 거리는 ... 소산님 글에 저도 희미해진 추억속을 더듬어 봅니다. ^^

소당
추억의 명동거리...... 자주다니던 거리....... 안 가본지가 1념이 된것 같아요 지난 추억이 새롭습니다.

여울
가득한 기억 가슴속에 가득한 추억. 만남,이별 빛바랜 추억이 그토록 아름다움은 그 시절이 다시 안오기 때문일거에요. 좋은글 감사합니다.

안개
아 소산님 명동 유네스코회관 뒷골목 옛날 전차 다닐때도 그곳을 많이 다녔습니다, 먹자골목도 여전히 성업 중이라는데요???, 고맙습니다 옛추억 살려 주셔서....,

성산
명동은 젊은이의 전용구역, 하지만 추억을 더듬어 젊음을 되찾고 싶어하는 우리네 허전한 발걸음도 눈에 띄지요.

순천만의 갈대 숲

칠십만 평의 광활廣闊한
양털보다 부드러운
갈색의 융단

팔백만 평의
환상적인 해초가 자라고
짱뚱어 뛰노는 갯벌

억겁億劫의 세월을 두고
해마다
곱게곱게 단장丹粧을 한다.

바람에 일렁이는
산책길 따라
수많은 관광객
구름같이 찾아 들고

빤짝이는 수로水路엔
철새들이 한가롭다.

순천만의 갈대 숲
세인世人의 가슴에

고뇌苦惱를 털어내는
마법魔法의 숲이다.

뭇 사람들
오늘도 내일도 찾는다.

◑ **竹虎/김홍만**
순천만의 갈대 숲에서 시를 많이들 줍지요 시인님도 다녀 오셨네요 늘 고운글 내려주심에 감사드립니다
◑ **박베드로(박해근)**
감사 하네요.고향이 순천 입니다. 고운글에 마음두고 갑니다. 건안 건필 하시길----------------
◑ **산나리**
서걱거리며 출렁이는 갈대숲을 걷다 보면 행복함과 쓸쓸함을 동시에 느끼는건 왜 일까요?
◑ **성산**
소산님 덕분에 정말 가보고 싶은 순천만의 정경을 사진과 글로 느낄 수 있으니 감사합니다.

시골의 빈집

풍성한 황금물결
바람타고
추석은 돌아와도

부산스러웠던 작은집엔
그 옛날
행복한 웃음소리
간곳없고

무성한 잡초위로
비애悲哀의 이슬이 차갑다.

그래도
만월滿月은 찾아 들겠지
풀벌레 울음 거느리고

쓸쓸한 빈집에
사람 사는 내음이 가득한
추억의 향기

그때
그 시절이 그립다.
한없이

◔ **나무**
시골빈집의 쓸쓸함과 추억의 그옛날 그시절을 그리워하는 소산님의 애틋함이 느껴 집니다...
◔ **소당**
내음이 가득한 추억의 향기..... 한없이 그립지요.
◔ **설화**
시대가 변하여도 우리의 마음은 향수를 부르게하지요.
◔ **竹虎/김홍만**
고향을 찾아갈 때 옛 그대로를 원하고 가나 변해버린 고향을 보면서 서글픔이 밀려오지요.
추석명절 잘 보내셨는지요.

아침 산책길

물안개 피는 강변 따라
걷는 산책 길
차량이 없어
상쾌한 아침 공기가 반갑다.

저마다 건강 찾아 나선 길
자전거 타는 사람
조깅. 속보速步, 만보漫步
방법은 다양 하지만

반기는 아침 인사에
구면舊面이 된다.

모두 생기가 넘치고
삶이 즐거워 보인다.

궁도弓道 장에서는
지인知人들이 손 흔들어
인사하고

게이트볼과
그라운드 골퍼의 공치는
"탁"
경쾌輕快한 맑은 소리는
운동신경을 자극한다.

이 하절夏節에
산책로 변에 핀
빨간 꽃 양귀비
노란 금계 국菊 꽃 등은

산책길에
발걸음 가볍게 하는
덤으로 얻는 즐거움이다.

성산
산책길에 만나는 낯선사람들과 인사하는 문화가 확산되기를 바랍니다.
안(?)개 남우현
이슬내린 산책길을 같이하는 기분입니다.
모니카/박종욱
저는 스포츠쎈타에서 운동하기에 느껴보지 못한 아침 풍경이네요~ 가끔은 새벽에 일산 호수공원을 산책할 때 낯익은 지인들과 인사하는 것이 전부였으니가요~ 성산님, 여의도 공원 산책길이 눈앞에 훤~ 이 펼쳐진 듯 상큼합니다~~~
태산
글을 보며 기분이 상쾌해 집니다.... 소산님,더위 잘 보내세요.
센스
산책은 참 좋은것 같아요~느긋한 마음으로 지나가는 사람,길가에 핀 꽃,풀들과 눈 인사도 나누고...ㅎㅎ

황강

합천의 젖줄
오늘도 쉬임 없이 흐른다.

유리알처럼 맑은 물
뛰놀던 동심에 꿈을 싫고
기나긴 세월을 흘렀다.

골 골이 흘러내린 실개천이
황강을 이루어

합천인의 정기精氣 모아
합천의 중심을 흐르면서
풍년을 구가謳歌 했다.

수천 년의 역사가
물안개처럼 피어나는 황강
합천인의 기백氣魄이 서러 있다.

살길 찾아 고향 떠난
향우들 가슴속에 깊이 뿌리내린
한시도 잊지 못할 강. 황강
꿈속에서 향수를 달래려나

황강 !
피서객 불러 모으는

새하얀 백사장과 함께

연년세세年年歲歲.

자자손손子子孫孫

합천인의 정신적 지주되어

변함없이 흐른다.

소산

낙동강 지류인 황강은 하폭이 100~200m 정도 넓고,긴 백사장, 깨끗한 물 때문에 바닷가 해수욕장 처럼 피서객이 붐빈다. 수백대 주차장. 사워장. 식수. 화장실 등 편익시설을 갖추어 놓았다.

자수정(안경자 29회)

추억의 그 백사장황강에서 멱감던 그 시절을 뒤로하고 이젠 추억마져도 아련해 가지만 그래도 문득문득 황강둑길에서 휘파람불며 유년을 보낸 그시절이 마냥 그리울뿐입니다^^

문경자(21회)

백사장에서 달리기를 하면 너무 재미있어요. 뒤로만 넘어지니 앞으로 갈 수 가 없어 안달을 해봐도 마음먹은데로 안 되는것이 있지요. 황강의 모래밭이 드거운 여름날이면 ....

29회백재용

선배님 내고향 황강 아름답고 잔잔한 황강의 물결인양 은빛 모래밭에 맨발로 뒹굴며 버들피리 불든 내고향 황강 선배님의 애뜻하고 향기나는 고향의 뽕나무 내음 처렴 선배님의 시어에 오늘따라 두메산골 고향이 그립기 합니다. 늘건강하세요~

한기창(28회)

예.. 선배님 어릴적에 고기 잡던 생각이 납니다. 하루 일 땡빛에서 친구와 놀던 어린 이젠 추억이 되어 버렸네요. 아름다운 글에서 잠시 쉬어 갑니다.

성산

고향떠난 합천인들의 향수를 느끼게 하는 정기서린 황강예찬 시 잘 감상했습니다.

여수(항)

이름만 들어도 아름다운
미항美港 여수

정열의 동백꽃 욱어진
오동도梧桐島 돌아 돌산대교 지나면
충무공 얼이 깃던
여수항이 반긴다.

돌산突山섬 끝자락
수평선에 이글거리는 일출日出
해수면을 태우고

현란한 아침노을은
해풍도 쉬어가는 기암괴석의 품안
향일암向日庵의 풍광으로 쏟아지니
세인世人들 가슴은
숨막히는 감격으로 붉게 물든다

다도해 섬七島 따라
자연의 신비 용궁龍宮길 열리고

아늑한 거문도巨文島 지나
쪽빛바다에 빛나는
천하의 절경 백도白島

바다의 선경仙境들이
살아 숨쉰다.

◑ 무중무/이기옥
여수항의 선경을 통해 삶의 길을 깨달으며 고운 시향에 머물다 갑니다. 건필하소서
◑ 여울
멋진 시향에 물들어 항일암의 풍광이 아른거립니다.요즘 맛들은 돌산 갓김치. 또한 여수 명물이지요. 감사합니다.
◑ 청담 추연택
여수항의 아름다움을 이렇게 곱게 풀어주시니 그 선경이 바로 눈앞에 와 닿는것 같군요, 감사합니다. 늘 건강하세요,
◑ 竹虎/김홍만
여수항 좋은곳 다녀오셨네요 늘 행행하시면서 시를 쓰시는 시인님 부럽습니다
◑ 29회백재용
남도의 푸른바다 여수항 하얀포말 백파로 부서지는듯선배님의 시어 잘읽고갑니다~~
◑ 다알리아♡
상상 만으로도 가슴이 울렁 거립니다 무척 아름다운 항 인것 같습니다 가보고 싶군요 ~~~~

오도령 재

지리산 제일 관문
해발 칠백칠십 미터
오도령 재

구십 모롱이를
굽이굽이 돌아야 하는
차량도 숨이 찬
峻嶺

지금은
포장길 따라 끝없이 조성한
하늘거리는 코스모스.
장승들이
낭만적이지만

長久한 세월동안
개나리 봇짐의
수많은 나그네들

힘겹게 올라
앞을 가로막는
거대한 지리산을
향한 歎聲이

墨客들의 詩碑가 되어
眺望公園휴게소 곳곳에
散在 되어

나그네 발길을 붙들고
깊은 感興에 젖게 한다.

소산
오도재는 경남 함양군에 있는 해발 773미터 준령이며, 지리산 관문의 하나임. 관광도로로 잘 가꾸어 놓았다.
소당
한번도 가보지 않은곳 이라.알수는 없지만...... 나그네 발길을 붙들 정도라면....멋진 곳인가 봅니다.ㅎㅎ
성산
오동령 고개도 과거와 현재가 많이 바뀌었군요. 삶의 발자취를 더듬는 시어 멋있습니다.
竹虎/김홍만
오도재에는 시어들이 주렁이 메달려 있지요. 좋은곳에 다녀오셨네요 늘 건필 건안하세요.

오죽헌

수많은 사람들이
존경과 호기심으로
찾은 세월이
오백여 년인데

찾을 때마다
범접犯接하기 힘든
고결高潔함을 느낀다.

오십도 안 된
짧은 삶.

숭고崇古했던
그 자취는

지금까지 변함없이
어머니의 사표師表로
추앙推仰 받았다.

이제는
고운 영정影幀
오만 원 고액 환으로
만인의 사랑을 받는구나.

오죽헌에 서린 얼
사람마다 가슴에
밝은 빛으로 남는다.

◔ **성산**
그 어머니(신사임당)에 그 아들(이 율곡)! 돈으로 환산하면 5만 5 천원? 오죽헌의 얼이 밝은 빛으로... 감사합니다.
◔ **해솔**
오만원권을 놓고 신사임당과 장영실이 경쟁... 역시 신사임당입니다... ㅎㅎ

옥계 휴게소

정인情人이 지나간 자리에
흔적을 찾아 왔더니
유월의 훈풍薰風만 분다.

아무런 기약도 없고
부질없는 줄 알면서도
서성이고 있는
초라한 나를 발견한다.

수평선 위로
떠오르는 환영幻影이
보일 듯, 생각 날듯
가물거리고

섬세한 손길이 지나간
조형물에는
가느다란 숨결만 맴돈다.

수려秀麗한 경관에
눈길을 돌려도

상념想念은
밀려오는 파도에
포말泡沫 되어 부서진다.

쓸쓸한 나그네 길
허전함만 남네.

해솔
옥계휴게소를 다녀오셨나봅니다...바다는 항상 제자리에 머물고 있고 갈매기의 나래짓은 은빛을 ..... 시 잘 감상하고 갑니다...

태산
지난날의 아름다운 추억을 ,지금은 환영만 보일듯 말듯...... 고운 시 감상 잘했습니다

완도 가는 길

가로수 단풍이 흩날리는
완도 가는 길

우측으로 주작 산을 비롯
흰 바위 연봉連峰이
그림같이 고우니
수많은 등산객이 찾아 들고

좌측 해안선으로
산재散在된 섬 봉우리 위
뭉게구름이 따라 나선다.
푸른 창해滄海가 기다리는 곳으로

천 년의 세월이 흐른 지금
흔적痕迹찾아 복원되는
청해진 방어防禦진지陣地

장보고 충절의 얼이
살아 숨쉬고
민족의 독립정신 일깨우네

푸른 바다 수면 위
빤짝이는 수많은 편린片鱗들
끝없이 흐르는 곳
섬마다 울긋불긋 단풍이 곱다.

오늘도
굽이굽이 돌아오는 섬 사이로
만선滿船의 꿈을 실어오는
완도

◌ 민들레(남금자)
완도를 한번 여름휴가때 다녀온적이 있는데 너무 좋았던 추억이 있어요. 좋은글과함께 지난날 추억을 되새겨보았읍니다. 감상 잘하고 갑니다~~~
◌ 시인 김현만.
주작산 흰바위 연봉 푸른 바다 수면위로 수많은 편리들........ 가을단풍속에 나그네는 시심을 실어 풍어에 만선으로 노래 하누나... 아름다운 다도해의 풍경을 수체화 한폭에 담아오셨군요 ... 고맙습니다.
◌ 성산
한폭의 그림을 보는 듯, 회화체 시에 젖어습니다.
◌ 竹虎/김홍만
남해의 섬들이 손짓을 하는것 같군요 글 감사합니다.

청량산 문수암文殊庵

천 삼백년의 고찰
의상대사의 창건 전설이 깃든
가파른 傾斜에 터 잡은
청량산 頂上의 문수암

기암괴석의 만년바위와
대경 고목이
연륜을 자랑한다.

속세의 미련
가랑잎처럼 흩날리고
得道를 위한 수행신도들의
그 흔적이
山寺의 구석구석에 묻어나네

발아래 펼처진 絶景의 風光
한려수도 섬 사이로
훈훈한 봄기운이 꿈틀거리며
海風을 타고 밀려와
나그네의 마음을 흔든다.

고요한 산사
南端의 끝자락에서
雲霧 거느리고

춘하추동 누천년을
끝임 없이 방문하는 신도들의
도량의 터전
文殊菴

◉ **시인 김현만.**
경북 봉화에있는 청량산인지요..? 산새가 진안 마이산 처럼 둥근자갈과 모래로쌓여진 독특한 산이지요...정상 문필동도 일품이지만 정상에서 내려다는보는 절경은 그만이고 낙동강 굽이 굽이 뱀처럼 구부러진 강길을 내려다보는 심경은 내가 천상에있는것처럼 황홀하지요 아늑한 청량사 천년고찰이 산에품에 안겨 잠자드시 앉아있는모습도 세속에 때묻은 자를 품어주는넓은 도량이라 하지요 잠시나마 옛추억을 더듬어 봤습니다 감사합니다.
◉ **여울**
이세상 저 세상 오고감을 상관치 않으나. 은혜 입은것이 대천 게만큼 크나. 은혜 갚는 것은 작은 시냇물 같도다. 어느 스님의 기도가 떠오릅니다. 수고 하셨습니다.
◉ **물빛마루**
봄이 오면 더욱더 가득할 아름다움의 청량산이 되겠지요^^ 꼭 가보고 싶어집니다.^^*
◉ **성산**
한폭의 그림같은 시에 삶의 향기가 묻어나 여운이 남습니다. 언젠가 가보고 싶습니다

응봉산鷹峰山

해발 구백구십 구 미터
위용威容을 자랑하는 울진의 응봉산鷹峰山
산중턱 계곡에 솟은
원탕 온천
산행 객 피로를 풀고

부드러운 햇살이
쏟아지는 계곡
시월의 단풍

시선을 돌리는 곳마다
화려華麗한 자태
눈이 부시네

용소龍沼, 신선神仙샘 등
갖가지 자연의 조각품
암반岩盤계곡의 절경絕景이
굽이굽이 이어지고

옷수玉水를 이루며 흐르는
티없이 맑은 계곡 물소리

곳곳의 암벽에 핀
앙증맞은 선홍 빛 단풍
벗 삼아

계곡 가득히 울려 퍼지니
선경仙境이 따로 없다.

응봉산
가슴 설레이게 하는
추억의 산행이다.

◔ 성산
예사진을 보 듯 아름다운 정경을 멋진 시로 표현하셨습니다. 감사합니다.
◔ 竹虎/김홍만
산행의 아름다운 비경들을 시로 담아 독자들을 즐겁게 해주시네요 고운글 감사합니다
◔ 仁塘/윤명숙
아름다운 산행을 하셨군요, 고운글에 감사드립니다. 늘 평안하세요.^ㅎ^
◔ 29회백재용
선배님 산행기 감미롭고 정겨운 잘읽고 갑니다.
◔ 한기창(28회)
예.. 많이 들어본 산입니다. 울진에는 웅봉산과 응봉산 있어요. 웅봉산은 덕구온천이 있는 곳이지요. 응봉산이 너무 아름다운 산이라는 것만 알고 있고 한번도 못갔어요. 다음에 기회가 되면 가야겠어요. 선배님 고운 글 감사해요.

인천대교

허공虛空을 가로질러
서해西海로 뻗은 오십 리

구九 미터
수직垂直으로 오르내리는
사나운 조류潮流를 뚫고 탄생 하였네

육 삼 빌딩 높이 현수교懸垂橋는
수없이 오가는
선박을 그림같이 품에 안고 흐른다.

주야晝夜로
사계절四季節을
밀려드는 관광객 탄성歎聲. 歎聲이다.

아름다운 인천대교
삶을 실어 나르는
번영繁榮의 다리

내방객의 가슴마다
피어나는 뿌듯한 자긍심自矜心도

무한한
우리의 기술력技術力도

모두
위용을 자랑하는 너를 통해
세계로 비상飛翔한다.

李基銀
인천대고 깊은 시심에 함께 머물러 봅니다. 건필하시는 12월 되시고 한해 곱게 마무리하십시오.

유천선생
사진과함께.... 좋은 글 감사합니다

성산
다리, 조선, 고층빌딩 등 대형공사도 우리 기술력이 세계 최고라 하니 자긍심을 가질 만합니다.
무엇보다 소산님의 현장감 있는 시에 저는 감탄합니다.

안(?)개남우현
바다 위의 구름다리, 바로 하늘로 직행 하는길....., 인천대교, 기술력이나 공기 면에서 세계 건설사에 기록될 대업이라 할수있습니다. 시원한 현장 머물다 갑니다.

여울
장엄한 인천대교를 바라보며 격세지감과함께 우리 민족의 탁월한 우수성에 크나큰 긍지와 함께 자랑스러움을 느낍니다. 불과 몇십년 전만해도 조그만 하천다리하나 제대로 놓수없는 보잘것없는 기술이었는데 이젠 세계어디에 내놔도 손색없는 최고의 기술을 구사하여 저렇듯 멋진다리를...... 한참 머물다갑니다.

지리산 자연 휴양림

오색단풍이 줄지어
태산의 능선 따라
물들어 오는 초가을

첩첩산중疊疊山中
장엄莊嚴한 지리산 휴양림
천산만수千山萬水가 따로 없다.

무한한
자연의 숨소리
정기精氣가 서려 있고

심신의 건강을 갈망하는
현대인에게
피톤치드가
가을 향기 속에 쏟아진다.

골골 마다
맑은 계곡의
바위를 깨는 물소리
나그네 시름을 달래고

울창한 숲 속
산새소리 하모니는
선경仙境의 음악처럼

속세의 찌든 마음을
명경明鏡같이 걷어낸다

새삼
자연의 고마움을
되새겨 본다.

◑ **해솔**
신선이 되셔서 글을 쓰시는 것 같습니다. 귀절귀절이 지리산의 아름다운 그림을 보는것 같군요, 감사합니다.
◑ **성산**
무한한 자연의 숨소리 精氣가 서려 있는 지리산의 모습을 그려보는 멋진 시 감사합니다.
◑ **문광 윤병권**
가을산의 정취를 흠뻑 느끼게 해주셔서 감사합니다. 가벼운 마음으로 다녀갑니다. ^^*
◑ **竹虎/김홍만**
지리산 깊은 골짜기에 쉬는 듯 편안합니다.

진락산進樂山 산행

새털구름이 손짓하는
초가을 산행

해발 칠백 삼십 삼 미터
진락산!

수십 미터 빈대바위 절벽絶壁이
인삼 축제를 여는
금산 읍을 병풍처럼
아늑히 둘러싸고
한눈에 조망眺望 한다.

천오백 년 !
어떤 효자의
인삼 시배始培
전설이 깃들어 있는 산

늦더위를 보내는
맴--- 매미의
마지막 절규絶叫와
이름 모를 산새소리가

지천으로 떨어진
도토리 줍는
등산객 하산을 재촉한다.

천 년의 수령
천연기념물 은행나무가

진락산進樂山의 산자락에
보석사寶石寺를 지키며

수많은 관광객을 맞이하는
아름다운 산이다.

◑ **松岩 김은재**
진락산도 무척 높은 산이네요. 한번 가 보고싶네요.
◑ **문광 윤병권**
아////// 가을입니다. 왠지 모를 사랑에 빠질것 같은 그런 기분입니다. 고은글에 머물다 갑니다. 감사합니다. ^^*
◑ **솔향 최명운**
윤병권 시인님 금산에 계시는가 봅니다 저도 고향이 금산입니다 몰라뵈서 미안합니다. 진악산맥 한 자락인 오봉 중 장군봉 아래가 저가 태어난 곳이기도 하지요. 寶石寺은 국민학교 때 소풍 가기도 했지요. 아직 그 은행나무가 있는ㄱ ㅏ 봅니다. 문운하시길 바랍니다.
◑ **서연/강봉희**
산에 가면 늘 저두 그런 느낌을.... 님과 마음 함께 나누어요~~~~~~~~~

청남대 방문

아름다운 산하山河
만추晩秋속에 찾은 청남대

호기심 많은 민초民草들이
물밀듯이 밀려든다.

단장된 숲 속으로
솔바람이 시원한데

오늘의 풍요를 남기고
떠나가신 분의
체취體臭가

대청호 잔잔한 물결 따라
산자락으로 스며들고

아직도 남아 있는
화려한 단풍
아름다운 국화전시장

검은 구름 사이로 비치는
눈부신 태양아래
관광객을 사로잡는다.

청남대 !
권력의 무상無常함을 느껴본다.

모든 것이
보이지 않는 세월 속으로
흘러가고 있다.

竹虎/김홍만
청남대를 돌려받아 구경하는 분들이 신나지요 아름답더군요.
서연/강봉희
와우 그곳에 가고파라..멋진 굿~~~~~ㅎㅎㅎㅎ
시인 김현만.
인생 무상 권력 무상 이모두 뜬구름 같은 것일것을 찰라에 순간 머물다 가는길 욕심은 허구일뿐 우리는 그냥 시나 쓰면서 가자구요.... 소산님?
성산
"산천은 의구하되 인걸은 간 데 없네."란 길재의 시조가 생각나네요.

팔공산

기암괴석의 바위능선
평풍처럼 길게 뻗은
팔공산

끝없이 밀려드는 등산객에게
잔잔한 感興을 일으킨다.

新羅古刹
棟華寺

울창한 赤松사이로
천오백년 悠久한 역사
머리 숙이는 바람이 일고

奇異한
連峰 頂上의 갓 바위로

한 가지
所願 빌려 찾아드는
사람들 가슴속으로
초겨울 스산함이 스며든다.

심신 건강을 위한
팔공산

오늘도

수많은 사연

세월 속으로 남기고 있네.

소산

팔공산 갓바위는 한가지 소원 들어준다는 속설 때문에, 특히 입시철이면 전국에서 수시간 산행길 마다 안고 수많은 사람이 발디딜 틈없이 찾아와 소원을 비는 곳이다.

안개

팔공산 꼬불꼬불 내려오면 홍단풍 가로수, 멀리보이는 앞산 능선에 저녁노을 비치면 한폭의 동양화, 님의 좋은글 읽으면서 눈앞에 선한 팔공산의 옛길을 더덤어 봅니다.

소당

팔공산 가 본지가 15년 된것 같아요 한번 더 가보고 싶네요.

청강

쉬어갑니다. 수고 하셔습니다.

함벽루

기암奇巖의 풍광이
황강을 굽어보는 곳
아늑한 함벽루涵碧樓

맑은 물 유유히 흐르는 수면水面엔
풍경에 취한 바람 멈출 곳을 모르고

강물에 낙수落水 드리우는 처마는
세월을 낚은지 얼마이드냐.

수많은 풍류객의
억제치 못하는 감흥
누각난간樓閣欄干을 감돌때

정적靜寂을 깨는
신라 고찰古刹 연호사烟湖寺 풍경소리에
시심詩心으로 피어난다.

숫한 사연 품은
침묵의 함벽루

누각의 낡은 현판懸板위엔
유명 선인들의 숨결
아름다운 시향으로 가득 하구나.

저녁 노을이 지는 방향

◔ **소산**
경남 합천 황강(폭200m 내외)변에 있는 함벽루는 고려 충숙왕(1321년)에 건립한2층 누각이다.처마물이 강에 바로 떨어지는 곳으로 유명하다. 경관이 좋아 남명 조식. 이황. 송시열 외 16인이 절경을 노래한 현판이 빈자리 없이 걸려있다. 연접하여 있는 연호사는 신라 선덕여왕 12년(643년) 와우선사가 창건한 고찰임

◔ **소당**
아름다운 시향이 물씬 풍깁니다. 소산님은 안 가보신곳이 없으시고 시 한수 읊으면서...... 술 또한 좋아하시고 호탕하시니 김삿갓(김병연) 생각이 납니다. ~ ~ ~ ~ ~

◔ **일다**
황강 강변축제도 한창이겠습니다. 고향을 자주 찾지못하여 항상 아쉬움이 많은데 소산님의 시를 감상하며 잠시 고향생각에 잠겨봅니다. 감사합니다.

◔ **김홍만**
한 번 가보고 싶네요 그곳에서 술한잔 했으면... 글과 그림이 어울리는 아주 멋진 곳이네요 신라의 자손으로서 말씀 올립니다

◔ **아쿠아**
함벽루는 낯선곳인데 수면이 고요하여 아름답군요. 낚싯대를 드리우고 싶은 마음이 듭니다. 많은 선인들의 풍류가 느껴지는 시에 머물다 갑니다.

홍룡 폭포

억겁의 세월이 빚어낸
홍룡虹龍 폭포

수십數十길 절벽으로 부서지는
물보라. 물소리

숨 가쁘게 찾아드는
수많은 이의 가슴에
탄성歎聲의 소리로 울리고

방울방울 튀는
빤짝이는 물방울에
갈길 잃은
소슬蕭瑟바람이 젖는다.

계곡 가득한
아름다운 풍광
단풍의 고운 빛과 함께
천년고찰 홍룡사虹龍寺로
쉬임 없이 흘러드네.

홍룡 폭포(갈수기라 수량이 적다.)

◔ 竹虎/김홍만

산사를 찾아 고운글 주셨습니다

◔ 청운

쉬임없이 흘러내리는 홍룡폭포의 물소리가 귀전에 들려 고뇌에찬 중생들의 마음을 시원스레달래주는것 같은 고운 시에 머물다 갑니다.

◔ 백초

물보라 물소리가 들리는듯 .... 고운시 입니다

KTX

어둠이 내려앉는
차가운 겨울

종점(부산)과 종점(서울)을
연결하는 전기열차

정확히 두 시간 오십칠분
定時를 향해 달리는 KTX

세련된 모습은 바람을 가르고
어둠을 뚫는 轟音은
가로등 불빛을
빛의 線으로 바꾸는
魔法의 速度

大地를 주름잡아
시간을 실어 나른다.

삶의 꿈을 안고 나선
和色도는 승객들
生氣 있는 動力을 실감한다.

민족의 動脈
繁榮의 빛이
그 곳에
살아 숨 쉬고 있었다.

당신 멋저
세시간
두시간 오십칠분
3분 차이 인데도 크게 느껴집니다.
좋은시간 되세요.

제일/정영진
반듯시 민족의 동맥이어야 하고 번영의 빛이여야 하리 건안하세요.

여울
애쓰셨습니다. 부산에서 서울까지. 쉬운일이 결코 아니지요. 그날의감정을 이렇게 글로 표현해주셨네요. 건강하시고. 행복한 날들 되시기 바랍니다.

성산
삶의 편린들을 정제된 시어로 잘 표현하시는 소산님 존경하며 잘 감상했습니다.

김단산
일년에 몇번식 ktx를 타고 오르락 그립니다.
수많은 사연을 남기고 수많은 인연을 만들어 내곤 하지요.
슬픈 가슴으로 가기도하고 ~ ~ 거움에 분되어 가기도 하지요.
소산님 머물다 갑니다 강 건 하십시요

삶의 풍경

사랑

약속의 시간이 다가 올수록/가슴은/설레임으로 두근거리고//촉촉이 젖은 입술/외씨 같은 치열 사이/흘러나오는 음성에/정신이 昏迷 했었다.//어쩌다/미소라도 지으면/가슴은 녹아 내리고//언제나/어눌한 내 말을/미소로 감싸 주었지//그 미소를 찾아/당신이 움직일 때마다/자석처럼 따라 움 직이었는데//그 황홀(恍惚)했던 미소/아름다운 모습//이제는/돌아갈 수 없는 그때를/꿈속에서/다시 찾는다.//　　-첫사랑 전문

사랑

인간사에 뿌려진 씨앗 되어
사람마다 가슴에 싹이 트니
조물주造物主의 조화造化런가

행복幸福했던 시절은
짧게 만들어
항시恒時 아쉬움에
목말라 한다.

그리움의 언덕에 올라
밤하늘에 수繡놓은
수많은 사연들

오늘도 풀어보지만
풀릴 길 아득하고

무심한 달빛이 서산을 넘듯이
속절없는 세월만
흘러간다.

마음에 야릇한
고통苦痛만 남기면서.

◑ **성산**

짧은 행복, 긴 그리움의 삶에서 야릇한 고통을 느끼는 시 감사합니다

◑ **안(?)개 남우현**

몇번이고 새겨 잃겠습니다,

◑ **센스**

고통스런 시절보다 행복했던 시절들이 우리 여유당님들 모두에게 많기를 바랍니다~저처럼 늘 행복하기를...ㅎㅎ

◑ **소당**

소산님의 의지는 대단하십니다. 수술후에 바로 글도 올리시고....음성도 밝으시고.....정말 멋지고 훌륭하십니다. 소산님 화이팅!!!!!

◑ **모니카/박종욱**

언제 어디서나 사랑만큼 어렵고 사랑만큼 쉬운길이 없다는데.. 고르지 못한 날씨에 소산님의 빠른쾌유를 비옵니다~

당신을 사랑합니다

남남으로 만난 지
사십여 년

우여곡절迂餘曲折도 많았지만
진실한 사랑
믿음 하나로 살았지요.

희망이라는 작은 씨앗
가슴에 품고서
정성을 다한
자식에 대한 뒷바라지

이순耳順을 넘긴
지금도 계속되니
그 모습 아름답습니다.

그 덕분에
모두 오붓한 가정 이루어
당신의 정성에 보답합니다.

이제는 남은 여생
둘만의 시간에 충실하여
마음만은 여유롭게 살아갑시다.

이 세상에 오직 하나
당신을 사랑합니다.

◔ **청운**
구구절절 아내사랑이 강물처럼 넘치는 시에 숙연해 집니다. 오래오래 사랑으로 해로하소서.
◔ **성산**
소산님은 다복하신 분입니다. 계속 행복한 삶 누리시기 바랍니다.
◔ **산나리**
사모님 행복하십니다. 누구든 그런 마음만 가진다면.....
◔ **태산**
대단한 가족 사랑에 부러울 뿐입니다.... 항상 건강 하소서.
◔ **곤쇠넝감**
비록 이름은 소산이지만 사랑은 태산 같은가 봅니다. 부럽습니다. 이 세상 끝날까지 하루도 쉬지 마시고 사랑을 나누소서.

건망증

조용히 음악이 흐르는
어느 봄날

아직도 마음은 청춘인데
내가 왜 이러는지 몰라
건망증이 심하다고
치매를 염려하며
눈물 글썽이던 당신

가슴속 젖어오는 그 말에
내 마음 둘 곳 없었소

언제나 넘치는 환한 웃음
그리고 정겨운 음성
고난의 세월
사십년을
한없는 사랑으로 극복 하였는데

한 번의 실수로
마음 아파 하지 마오

봄날의 새싹 같은 열정
영원히 함께할
한마음
순백의 사랑으로 지켜 나가리라.

◔ 賢智 이경옥

나이 들어가는 증거래요.. 치매와 건망증의 실상들... 너무 염려는 마세요.... ((^*^))

◔ 성산

새록새록 사랑이 가득한 시향에 맘 씻고 나갑니다.

◔ 소당 김태은

건망증 ? 하니 생각 나는것이 있어요 헬스크럽 옷장 열쇠 왼쪽 팔목에 끼고 열쇠를 한참 찾다가 잃어 버렸다고 10000 원 물어내고 궁시런 거리며 집에와서 옷 갈아 입는데 열쇠가 왼쪽 손목에 ..... 건망증 시를 읽으면서 생각이나서 .....

◔ 센스

건망증 때문에 슬퍼하는 배우자의 사랑과 40년을 한없는 사랑으로 극복한 두분의 순백한 사랑에 박수를 보냅니다~^^

◔ 여름이

오랜동안 살아온 부부의 진한 정을 느끼는 따뜻한 시 잘 읽었습니다.

교우 校友

그건 변할 수 없는
짙고 짙은
인연 이였다.

뭉게구름처럼
피어나는
청운의 꿈을
각자의 개성 따라
불 태웠던 친구 들!

선의의 경쟁으로
쌓아가던 우정
지금 되돌아보니
행복한 추억이다.

비록
생업 따라
뿔뿔이 흩어졌지만.
바람결 소식이라도 듣고파
오늘도 귀 기울어 본다.

친구야
귀밑머리가 하얗게 변해도
마음은 언제나 젊음.

그 마음으로

회포懷抱를 풀 만남의 기대期待

이것이 바로

삶의 즐거움 아닐까

➲ **센스**
언제까지나 소녀같은 마음으로 살겁니다~^^ㅎㅎ

➲ **초연**
고운 시어에 쉬었다 갑니다.

➲ **소당**
각자의 갈길이 따로 있으니.... 점점 ...취미가 같은 동호인이 더 재미납니다. 여유당에서 삶의 즐거움을 찾으세요.

➲ **태산**
아름다운 추억을 떠올리는 글 감상 잘 했습니다.

➲ **성산**
여의도중학교 총동문회를 작년 8월에 창립하여 홈커밍 행사를 멋있게 했습니다. 금년에도 또 하기 위하여 6월 15일 총동문회장단 6명이 방문한다합니다. 소산님의 이 시를 총동문회 카페에 올려도 되겠죠? 감사합니다.

➲ **신우**
소산님 시집 출판 할때가 되신것 아니신지요.......기대 합니다......

첫 키스의 추억

촉촉이 젖어드는
감정의 언저리에
타오르던 젊음의 불꽃

하얗게 빈 머릿속으로
가득히 차오르는
풋풋한 연분홍 사연은
어설픈 사랑 이였다.

쏟아지는
고혹蠱惑적인 향기
넋을 앗아가는
황홀恍惚한 감촉感觸의 파도는

가슴속을 파고드는
거치런 숨결위로
솜털보다 부드러운
온몸을 녹이는 감미甘味로 움
짜릿한 쾌감快感으로 흘렀다.

그것은
뻔쩍이는 섬광閃光이였다.
몽매夢寐에도 못 잊을

◔ **김영준**
생각해 보면 아리합니다. ㅎㅎ 그때를 떠올리면 누구나 그 시절로 돌아갈 것입니다.
◔ **환이**
첫 키스... 나이 탓인지 가물가물 합니다. ㅎㅎㅎ 아름다운 시 고맙습니다.
◔ **아쿠아**
꿈에서도 잊지못할 황홀한 감촉. 저는 황홀한 느낌없이 부끄럽기만 했어요..ㅎㅎ
◔ **태산**
첫 키스는 고딩 2학년 크리스마스 이브날 광안리 백사장에서요ㅋㅋㅋ... 그때 상대 여학생은 키스 경험자 더라고요 그래서 한수 배웠지요.
◔ **산나리**
제목이 심상치 않아 얼른 열어 봤습니다. 누구나 첫 키스의 추억은 ~~~~ ^^* ㅎㅎㅎ
◔ **소당**
꿈에도 못잊을 짜릿한 첫 ~ ~ 멋진 시어 입니다

그리움

누구에게나 가슴의 鼓動이된다.

가슴으로 삼키기 힘들 때는
눈물이 되고

불타는 연인에겐
희망의 등불이 된다.

마음 한구석 찾아드는
여운이 있다면
그것은 내 사랑 고백이다.

어떨까 ?

사무침이 클 때는
그저 한번 쯤 앓는
흔적으로 昇華 시킴이

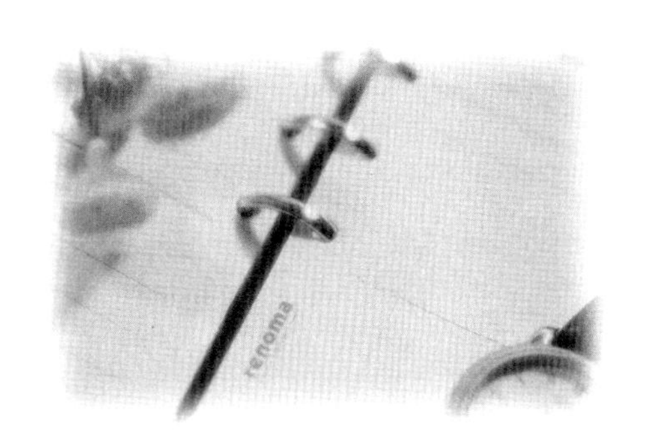

풀잎/김현숙

사무침이 클 때는 그저 한번 쯤 앓는 흔적으로 승화시킴이...마지막 연의 시가 마음에 애잔하게 스며듭니다그리움은 늘 우리 삶에 동반자 같은 역할을 하는 것 같은 생각이 듭니다시인님의 고운 시심에 소중한 시간으로 머물렀습니다늘 건안하시고 쾌필하소서!

담향/김종임

감사합니다..좋은글에 흔적 남겨봅니다..날씨가 좀 풀리네요 좋은 밤되세요.

신우

아침에 커피 한잔과 함께 소산님의 그리움 읽고 또 읽고 갑니다. 감사합니다.

초연

그리움 이란 시를 많이 쓰시는데 소산님의 시는 너무 사무치는 시라.... 마음이 이상하네요. ㅎㅎ

성산

눈이 부시게 푸르른 날은 그리운 사람을 그리워 하자. 서정주님의 '푸르른 날'의 일부입니다. 빗방을 머금은 오월의 신록을 보면 가슴 저리는 그리움이 방울져 흘러내리리라. 가슴이 찡하네요. 정말로.

그리움 · 2

소리 없는 함박눈 따라
차가운 바람타고
그리움이 내려앉는다.

장미꽃보다도 화사한
상냥한 미소
귓가에 맴도는 낭랑한 음성
향기로운 체취體臭가
체온體溫으로 스며든다.

피어나는 그리움
술잔으로 달래어도
취할수록 넘쳐 흐르네

세월 속에 묻혀버린 임아
밤이 또 온다.
고독의 그림자를 거느리고

가물거리는 환영幻影위로
쌓이는
하얀 그리움
홀로 가슴으로 태운다.

◔ 海岩/정미화
그리움의 마음 가슴 아프게 다가오지만 또다른 희망과 기다림으로 행복하기도 하지요. 애잔한 글이 마음에 와닿습니다. 그 그리움속에 새로운 행복도 가득하게 다가오시길 바랍니다 늘 건필하세요 감사합니다.

◔ 竹虎/김홍만
그리움은 취할수록 더 크게 다가오는것 같습니다. 문재학 시인님 새해 복 많이 받으세요.

◔ 석옥숙(23회)
하얀 그리움에 젖어 봅니다.

◔ 담향/김종임
감사합니다..좋은글에 흔적 남겨봅니다.. 날씨가 좀 풀리네요 좋은 밤되세요..

◔ 산나리
그리움에 가슴 태울지라도 안일한 삶보다는 좋은거라 생각되요. 무의미하고 지루한 삶은..... 차라리 그리움에 눈물 흘려도...^^

◔ 청담 추연택
가슴속에 묻어둔 그리움 언제나 지워질려나, 새록새록 새싹처럼 돋아나는게 그리움일련가. 새해 더욱 건강 하시고 행복 하시길...

기다림

그것은 행복한 마음이어야 한다.

한없는 이 길이
당신의 길이라면

발바닥에 물집 터지는
시간의 흐름이 있을지라도

想念의 塔을 쌓으면서
기다리리라.

기다림의 한계를
느낄 때면

"會者定離" 인생사에
익숙 하련다.

멀고도 가까운
마음의 언저리에
언제나 서성일 것이니까.

◎ **윤지아**
기다림은 늘 설레임을 주기에 아름다운 수채화가 그려지기도 합니다. 감사히 잘 감상했습니다.
◎ **소당 김태은**
멋진 시 아침에 즐감하고 머물다 갑니다.
◎ **신우**
인생의 깊이에서 울어 나오는 시 .... 감상 잘 하고 갑니다. 감사합니다.
◎ **산나리**
끝없는 기다림은 행복함을... 고통을... 그래도 서성이게 하는것은... 감사합니다.
◎ **제일/정영진**
만나면 헤어짐이 당연하듯 또 다시 만나야할 우리의 고된 여정이 끝없이 펼쳐집니다 날마다 승리하는 삶 되시기 바랍니다 건안하세요

님 그리는 마음

가을바람이 부니
밤의 향기香氣는
당신의 체취體臭인가.

꿈속에 더듬던
노래는 멀어지고
내 가슴에 남아 있는
아련한
당신의 모습

안타까운 마음
미련未練의 괴로움 되어
지울 수 없네
끊을 수도 없다.

생각은 간절하지만
지금은 만날 수 없는
먼 곳
생각하기에도 먼 곳에

이게 운명運命이라고
참을 수 있을까
얼마나

그냥

눈물의 비 뿌려
행복幸福의 꽃으로 키워
당신에게 보내면

답답한 가슴
응어리 풀릴까

님 그리는 마음
끝없이
가을밤 속으로 깊어간다.

☉ **문광 윤병권**
가을밤에 부르는 연가에 꿈 속에서나마 애타는 마음을 달래봅니다. 가을은 그리움의 계절입니다. 좋은글 많이 생산하십시요. 다녀갑니다. ^^*
☉ **모니카/박종욱**
소산님, 날마다 아름다운 향필에 넋을 잃습니다~ 님 그리는 마음에 저도 쉬어가네요 ~~~
☉ **서연/강봉희**
가을은 그리움의 계절..ㅎㅎㅎ 님의 시에서도 물씬~~~~~~~~ 님의 아름다운 시심에 잠시 마음 네려 놓고 가여...

달빛이 그리움 되어

차가운 달빛이
내려앉는 창가에
다시 보고픈 그리움이
뭉게뭉게 피어 오릅니다

고요한 밤
적막감이 쌓일수록
가슴 아리는 그리움은
이슬이 되어 내립니다.

차가운 달빛보다
더 많이 대지를 적십니다.

그리운 님이시여
귀가에 남아있는 속삭임
사무치는 그리움 되어
주체할 수 없는데

말없이 잠든 당신은
이 마음
헤아리지 못합니다.

고독이 병이 될가바
헤어나려해도

보고픈 그리움
놓아주지를 않습니다.
달빛이
놓아주지를 않습니다.

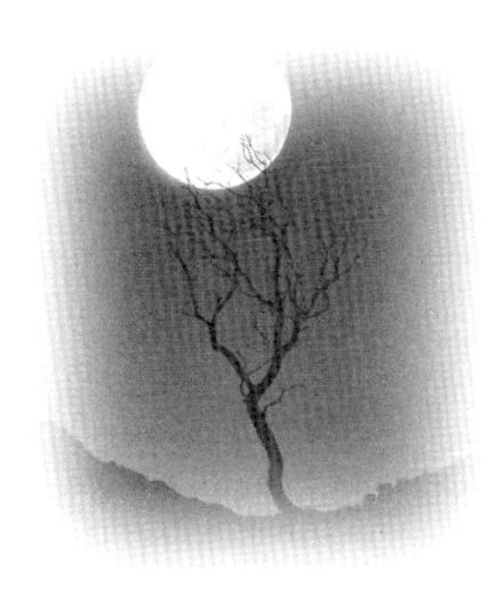

여울
천지 사방은 고요하고. 휘엉청뜬 둥근달을 보면 촉촉한 그리움에 젖어 잊혀진 사랑을 기억하게도 하지요. 옛 추억을 더듬어 보게하는군요. 감사합니다.

소당
그리움은 아름다운 것입니다. 그리움속에 죽는날까지 살아가야 할것 같아요

竹虎/김홍만
그리움이 애잔하게 피어납니다. 늘 고운글 주셔 감사합니다.

당신

쉽게 부르면서도
얼마나 소중한지 모르겠습니다.

험난한 이 세상
힘들지 않게 버티어 온 것도
오직 당신 때문입니다.

뒤돌아보면 가슴 저린
사연들이 수없이 많지만

희노애락喜怒哀樂은 순간의 번뇌煩惱라고
당신은 가려 처 주었습니다.

언제나
즐겁게 맞아 줄 안식처
당신이 있었기에
생활에 활력이 되었습니다.

얼굴에 주름이
세월 따라 늘어나지만
그 것은 나에게 보석처럼
소중하게 보입니다.

앞으로
당신의 모든 것
변함없는 사랑으로 보답 하렵니다.

소당
얼굴에 주름이 세월따라 늘어 나지만 보석처럼 소중하지요...... 변함없는 사랑으로 보답하세요. 소산님

신우
소산님의 시에는 나이 들어 가면서 더더욱 깊이 있는 사랑이 집사람에게 표현 되는것 같습니다....... 사랑으로 의지 하시면서 남은생 행복 하시기를 .... 시집도 한권 내보시구요....... 감사합니다.

김태평
곱게 늙어가는 아름다운 부부의 일상이네요. 좋은시 잘 읽었습니다.

태산
오늘이 부부의 날이입니다. 회원님 들의 가정에 행복이 넘치고 건강 하십시요.

진정으로 사랑합니다

청초淸楚하고 단아端雅한 모습에
이끌려 맺은 백년가약百年佳約
어느덧 삶은
서산마루를 향하네요.

만난萬難을 극복한 거친 손
그 손안으로 전해오는
따스한 정
젖어오네요. 가슴이 찡하게

어려움에 처할 때 마다
빤짝이는 재치로
위기와 실수의 수렁에서
지켜왔지요. 기품氣稟있게

세월의 흔적
깊은 주름살 위로 어리는
연민憐愍의 정은
건강을 비는 사랑입니다.

당신을 만난 인연
이 행운
진정眞情으로 사랑합니다.

海岩/정미화
서로의 만남으로 감사와 고마움이 전해진다면 더없이 행복한 삶이겠지요. 서로를 바라보는 아름답고 고운 눈빛이 사랑이 가득합니다. 고운글 감상 잘햇습니다 감사합니다.
竹虎/김홍만
부부의 끈끈한 정과 사랑 아름답습니다. 시인님은 참 행복하십니다. 추석 명절 풍요롭게 보내세요.
정채균
인연으로 맺어진 부부의 정오래도록 행복 하십시오
산나리
구구 절절한 글이 가슴 저며옵니다. 두분의 사랑 영원토록......... ^^
니끄내끄
가슴에 와 닿는 소중한 글... 사랑합니다.

첫사랑의 아픔

달콤한 정담 나누던
강가에 홀로 서니

그 오랜 세월 속에 머물던
당신의 고운 얼굴의
큰 눈동자에 맺힌 눈물
강물 되어 떠오르고

가슴을 울렁이게 하던
발자국 소리도
생생히 남아있는
낭랑한 음성도
꿈 인양 스쳐 간다.

테니스와 등산으로 다져진 몸인데
아무 소용없었나
불의의 사고 앞에

이제는 찾을 수 없는
당신의 그림자
어느 산하에 잠들었는지

풀릴 길 없는 그리운 가슴
매만지면서
그 이름 불러보는

허공이 너무 넓구나

진정
내 못 잊을 첫사랑님아

허무한 삶에
찬비만 내린다.

◔ **청운**
애절한 시에 묻혀있는 세월의 아픔을 공감합니다.
◔ **여울**
보이지도 않고 만져지지도 않지만 마냥주고 싶고 받고 싶은 것... 애절한 글에 마음 아려옵니다.
◔ **산나리**
애절한 시에 머물다 갑니다, 진정 못 잊을 첫사랑에 아픔을~~~
◔ **물빛마루**
가슴이 뭉클해져옵니다. 첫 사랑의 애잔함이 느껴지고요.
◔ **준이**
뭉클한 사랑의 시작(詩作) 감동 받았습니다. 첫 사랑이 그토록 가슴의 뼈아픈 정를 두고 먼저 가신님 소산님 용기를 가지시고 그때 그사람 묘지를 찾아 내가 그대를 영원히 사랑하였노라고 외처 불러보지 않으시렵니까. 그때 첫 사랑 연인도 그대 품에 안기여 영원한 안식이 될껍니다. 고운 시 잘 머물다가 갑니다. 늘 건강하시고 행복하시길 기원합니다
◔ **소당**
첫 사랑의 아픔 ...... 애절한 시어에 머물다 갑니다.

당신의 미소

살포시 짓는
그대 미소
그 모습
그 자태

몽매夢寐에도 못 잊을 미소
감미로운 선율처럼
가슴으로 흐른다.

발길 돌리는
당신의 미소에

내 마음은
이유 없는 그리움으로
그림자 되어 따릅니다.

불면 날라 갈까
만지면 터질세라
조심스런 마음에

작은
행복을 그립니다.

내일이라는 희망
기약 없는 세월에

당신의 미소는
언제나
밝은 등불이 됩니다.

◎ **竹虎/김홍만**
발길 돌리지 않는 다가오는 미소였으면 하네요 건안 건필 하세요?
◎ **李基銀**
고운 시향에 머물다 갑니다. 문재학 시인님...^^*
◎ **서연/강봉희**
늘 건강하셔요..시가 참 갈빛처럼 곱습니당~~

짝사랑

먼발치서 바라본
두근거림
바라만 보아도 행복했다.

고운시선의 눈길엔
반가움의 미소 일고

주지 않는 눈길엔
괜히
밀려오는 서러움

골목길에서 마주치면
백옥 같은 모습에 기죽고
아름다운 자태에 숨 막혀

심중에 말 한마디
입속에서 맴돌았다.

이-내 심정 알리없는
당신의 체취體臭에 취하여
물끄러미 바라보다가

쓸쓸히 돌리는 발길위로
그리움만 쌓이네.

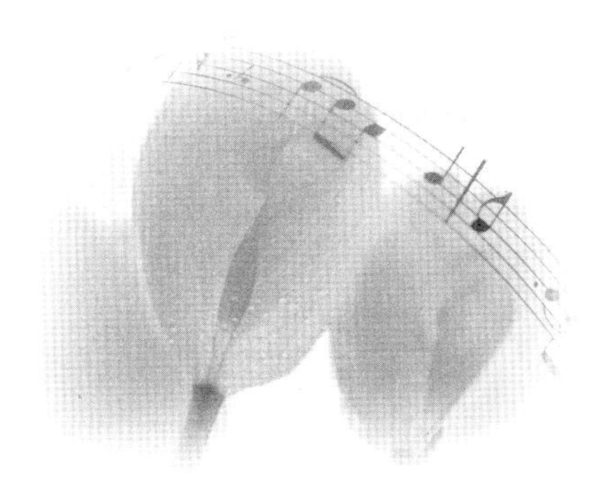

ɔ **여울**

보이지도 않고 만져지지도 않지만. 마냥주고 싶고 받고 싶은 것... 주면 주는 만큼 더 주고 싶지만... 아름다운 글에 한참 머물다 갑니다.건필 하세요.

ɔ **소당**

짝사랑~~ 홍역처럼 앓는 짝사랑......

ɔ **竹虎/김홍만**

짝사랑의 진수를 봅니다 고운 사랑으로 엮어가세요 늘 편안함 속에 그윽한 눈길로 바라보세요

ɔ **센스**

학창 시절에 몰래 짝사랑했던 친구가 생각나네요~왜 그 아이 앞에선 말도 못하고 몰래 훔쳐만 봤는지...ㅎㅎ

당신이 있어 행복했다

청춘의 봄날
당신이 있어 행복했다.

혹독한 시련이 있었기에
더욱 행복했다.

포근한 당신 곁에서
바람꽃으로 피어나
고운 향기로 머물렀던
순간순간들

이제와 돌아보니
넘치는
나만의 행복 이였다.

시원한
호수 같은 눈동자에
지울 수 없는
그림자로 녹아들어

잔잔한
미소의 파문을 일으킬
당신이 있어 행복했다.

◐ **의제**
그 행복 오래 오래 간직하시기를 ---------------.
◐ **나의사랑아**
그당신이 저이었으면 얼마나 좋을까요. ㅎㅎㅎㅎ감사합니다. 풍성한 명절 되십시요. ㅎ^^*
◐ **산나리**
지나간 추억은 모두 아름답지요, 그것이 아픈 추억이라 하더래도, 되돌일수 없는 세월이니..... 즐감하고 다녀갑니다.^^
◐ **서길순**
평생을 같이 한길을 걸을 수 있는 동반이 있어 행복합니다
◐ **松田/정재석**
항상 곁에서 지켜주고 보살피며 감싸안아주는 진정한 사람 표현은 하지 않드라도 마음만은 담고 있을 사랑! 그런 당신이 있기에 항상 행복한 미소를 짓고 있겠지요 ! 고운 시심에 머뭅니다 !

버릇

쉽게 고칠 것 같으면서도
고치기 힘든 것

당신을 향한 집념執念
떨쳐 버리려고
애를 쓸수록
더욱 빠진다.

밤마다 꿈도
온통 당신 생각뿐
이 버릇
어떻게 해야 하나

절벽에 핀 꽃처럼
그냥
바라만 보아야 하는데도

아지랑이가 되어
다가가 볼까

이 버릇
고통의 병이라도
나는 행복 합니다.

당신이 존재 하는 한
이 버릇
고치지 않겠습니다.

◔ **연숙**
아름다워요
◔ **당신멋져**
버릇 세월이 흐르면 변할까요?
지금은 고치고 싶지 않지만
◔ **소당**
자연의 섭리이니.... 어쩌란 말이냐...... 재미난 詩語에 잠시 머물다 갑니다. 늘 건안 건필하세요.
◔ **태산**
버릇 이란 제목에...집념? 많은 생각을 해 보고 갑니다.

사랑의 등불

오랫동안 사모한
당신을 향한 마음
사랑으로 키운 등불
가슴깊이
고이 간직하지만

이별의 바람소리에
꺼질 가 바
조심스레 감싸는 사이
어느새 멀어져가는
발자국 소리

사랑의 등불
속으로 산다.

조용히 불러보면서
勞心焦思하면서
기다리는
당신 앞에
외로움 걷어내고

내
사랑의 등불
밝힐 날은 언제 오려나.

◌ **산나리**
새해엔 꼭 사랑의 등불을 밝히소서......
◌ **안개 남우현**
가슴 활짝 열구서 밝히십시요, 여유당이 바람 막이가 되어 드리겠습니다,
◌ **소당 김태은**
사랑의 등불 ....마음에만 담아두지 마시고 등불을 밝혀 보소서 소산님^*
◌ **여울**
다가오는 새해엔 꼭 이루시길 바랍니다.

그리운 사람

못 잊어 괴로운 날이
그 얼마던가

이름만 불러도
가슴 뭉클한 그리움

쓰라린 마음에
눈물 되어 젖어온다.

용기勇氣내어 음성이라도
듣고 싶어도
들을 수 없는 얄궂은 운명運命

허망한 발길을 돌리는
나를
원망怨望 할 뿐이다.

아쉽게 만난 짧은 만남
행복했던 순간瞬間들

가슴 저려오는
그 모습. 그 체취體臭

모두
그리움 보석 만들어

가슴에 품으련다.

비록
당신은
나를 잊고 있을지라도

◉ **이은협**
그리움은 때때로 걷잡을 수 없는 안개처럼 뭉클 뭉클 피어나지요. 좋은시 감사합니다.
◉ **센스**
이름만 불러도 가슴 뭉클한 그런 그리움 나도 해보고 싶다~^^ㅎㅎ
◉ **성산**
인간은 기억만 하는 것이 아니라 망각도 하며 사나 봅니다. 그리워했던 것들이 잊혀지고 새로운 것들로 채워져 견디며 살아가는 것이 아닌지? 그토록 그리워했던 님을 보지 못하게 되면 어느 덧 그리운 정이 식어지니 마음이 연약한 탓일까요?
◉ **소당 김태은**
얄궂은 운명은 소산님뿐이 아닐것인데...... ㅎㅎ 아름다운 시어에 한함 머물다 갑니다.

사랑의 묘약

어디 사랑을 잠재울
묘약妙藥은 없나요.

팔딱팔딱 두근두근
사랑을 기다리는
마음입니다.

박력과 용기 있다고 하지만
님 앞에 서면
바보같이
그 용기 스러집니다.

푸른 달빛이 쏟아지는 밤이면
더욱 사무치는 마음
달랠 길 없어 괴로워합니다.

세월이 약藥이라지만
억제된 이 슬픔
지울 날이 있을까
정말로

님 떠난 자리에
체취體臭라도 남았을까

오늘도
사랑의 묘약 찾아
부질없이 맴돕니다.

소당
사랑의 묘약 이란 제목에...한참을 생각 해 봅니다. 아직도 젊음이 넘쳐 흐르네요.... 아름다운 시어 에 머물다 갑니다. 무더운 날씨에 건안 건필 하세요

성산
푸른 달빛이 쏟아지는 밤에 생각나는 사람이 누구일까요? 각자 생각해봐야겠어요. 사랑의 시 감사합니다.

초연
세월이 약이라지만 ....쉽게 잊혀지지 않을것 같은 마음입니다.

태산
사랑하는 감정은 늙지않는 묘약 이네요.

답글
ㄴ 곤쇠넝감
늙어갈수록 더 찌~ㄴ해가는 게 싸랑이라면? 그 묘약은 태산 같건만...

해솔
열여덟살에 첫사랑했던 옆집 처녀가 .... 그때는 왜 그리도 바보같이 가슴민 콩당콩당....사랑은 아파요...

사랑의 열기

언제 부터인가
살며시 내 가슴에 자리한
당신을 그리는 마음

그건
소리 없는 불씨
사랑의 열기였네

사나운 비바람에도
꺼지지 않고
엄동설한에도
식지 않는 열기

한없는 속삭임에도
사그라 들지 않는
보고픈 그리움

야심한 밤이면 더욱 사무처
바다보다 깊은 연심戀心
당신은 모르실거야

사랑의 열기
가슴이 탄다.

◔ **多情 오순옥**
사랑의 열기에 가슴이 타는그것 마저도 행복이지요^^*고운밤 되십시요~!!
◔ **소당 김태은**
아직 청춘이시니... 영원히 청춘이시길
◔ **청담 추연택**
활활 타는 불길 식을때가 언제일런지...영영 꺼지지 않길
◔ **연지**
사랑의 열기 ... 굿 입니다 ㅋㅋ

사랑하는 사람

생각만 해도
행복한 사람

만나면 가슴 벅차
주체할 수 없는
눈물방울이 되고

향기香氣로운 숨소리에
눈멀고
고운 음성에 취한다.

나란히 함께하면
세상만사 독차지 한 듯

굴러가는 낙엽조차
온통
낭만적浪漫的 분위기雰圍氣에 젖는다.

소곤소곤 속삭임
동지섣달 긴긴밤도
짧기만 하네.

세상 사람이
주책없다고 해도

기쁨의 탄성歎聲지르며
심신心身을 다 바쳐
사랑하고픈 사람

사랑하는 사람이다.

仁塘/윤명숙
심신을 다해 사랑하고픈 사랑하는 사람이 있기에 행복입니다. 늘 그 사랑으로 행복하소서.^ㅎ^

산나리
생각만 해도 행복한 사람.... 아, 그런 사람 있다면 늘 -- 가슴이 벅차 올라 설레임 가득해 온세상이 아름다울것 같아요, 지는 낙엽에도.... 순백의 하얀 눈이 내리는 날은 사랑하는 사람에게 달려가고 싶겠지요. ^^

느티나무
사랑하는 사람과 간혹은 떨어져 있어도 좋으니 늙고 아프지 말고 시간을 잊고 오랫동안 살았으면 --------

성산
이 세상은 사랑하고 사랑받고 싶은 사람들이 있어, 시, 노래, 그림, 연극, 스포츠, 즉 예술과 문화가 발전하는 게 아닌가 생각합니다.

私募의 情

금태 안경 넘어로
드리운
잔잔한 憂愁의 그림자에
피어나는
憐憫의 정

어쩌다
微笑를 짓을 땐
고운 얼굴에
하얀 치열이
정신을 昏迷케 한다.

볼수록 아름다운 모습
눈부신 얼굴
사랑의 신기루인가

만날 때 마다
가녀린 자태
내마음 흔들고 가네

위로의 말
말문 막히고

나도 모르는 새
애틋한 마음

思慕의 정으로 변해
너울 되어
밀려온다.

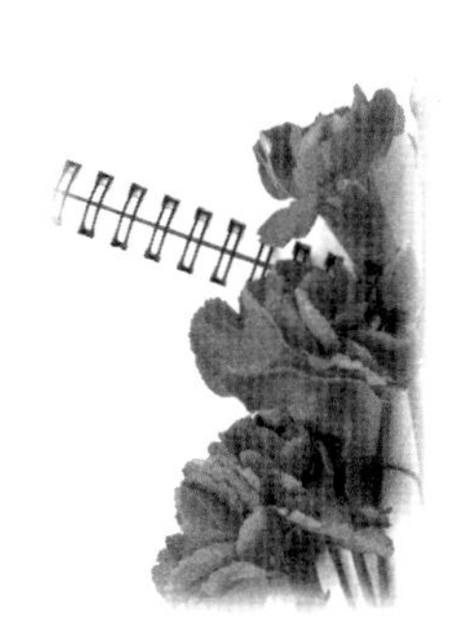

유천선생
고운 얼굴에 미소짓는 그 아름다움...그리고 뭔가를 암시하는 듯한 가녀린 몸 맵시를.....느끼는 사람은 짝사랑이랄가.????아무튼 관심이 갈 수 있겠죠....사람이니까.....즐감하고 갑니다

竹虎/김홍만
사모의 정만큼 두근거리고 달콤할수 있을까요 고운글 가슴에 품어갑니다

소당
사모의 정 ....언제나 들어도 좋은 말 그리운 정~~ 애뜻한 마음~~ 너울되어 여기까지 밀려오는듯.....아름다운 시'입니다. 추운 날씨에 감기 조심하세요 소산 방장님

산나리
누군가를 바라볼때 애틋한 마음 그리운 마음을 느끼게 하는것은 내가 아직 젊고 살아 있다는 증거 이지요, 늘-- 고운 시에 감동을.... 감사합니다.

연민憐憫의 정

조용한 당신의 모습
바라보노라면
세파世波에 지쳐서인가

연약한 체구
잔주름 사이로
지울 수 없는
고독이 배어난다.

따뜻한 말 한마디
건너고 싶어도
범접犯接할 수 없는 고고孤高함

어쩌다
칭찬의 말 걸어오면
그것은 오히려
가슴을 파고드는

한없는
연민憐憫의 정
그냥 슬픔이 된다.

사모思慕하는 이여
환희에 찬 모습 보는 그날
내 마음에 남은 연민의 정

봄눈 녹듯 하려나

하늘 김주현
바라만 보아도 행복하고 아름다운 사랑이여~~...말 한마디 건네지 못하고 가슴 조이는 사랑이여~~....환희에 찬 그날 봄이 오면 예쁜 꽃으로 피어나길 바랍니다...
문광 윤병권
고운 시심에 머물다 갑니다. 늘 건안 건필하세요. ^^*
仁塘/윤명숙
고운시심에 다녀갑니다. 늘 행복하세요.^ㅎ^
소당 09.09.29. 12:37
아름다운 詩語 에 잠시 쉬었다 갑니다.
성산 09.10.01. 10:59
사모하는 이의 환이 찬 모습 그것이 행복인 것 같아요. 감사합니다.

연인戀人

가슴앓이를 해도
좋다.
당신을 만나

미풍에 흔들리는
풀잎만 보아도
터지는 웃음

사랑에 취醉 한다.
세상의 모든 환희歡喜를
독차지 한 듯 !

보면 볼수록
더 보고 싶고

전율戰慄을 느낄 정도로
사람을 홀惚린다

당신이 봄이면
나는 봄의 꽃

당신을 위해서라면
그냥
모든 것을
다 주고픈 심정

이것은
넘치는 사랑의
선물膳物이다.

소당
사모할수 있다는 것은 아름다움 입니다. 넘치는 사랑의 선물 .....고운 시" 에 잠시 쉬었다 갑니다.

산나리
詩語에 사랑의 향기가 폴~~폴 납니다. 아, 나도 그런 사랑 해봤으면~~~~ ^ ^

답글
ㄴ 청운
이하 동문이고요 함축미가 물씬 풍기는 좋은 시 잘 감상했습니다.

성산
연인들처럼 순수한 사랑에 빠져볼 수 있을까? 시심이 어름답습니다.

태산
소산님의 시상을 보면 아직 젊은청춘이신데 그 열정 대단 하십니다......감사 합니다.

다락방
아름다운 사랑을 이야기 하는 한편의 시속에 한참 머물다 갑니다. 감사 합니다.

첫사랑

약속의 시간이 다가 올수록
가슴은
설레임으로 두근거리고

촉촉이 젖은 입술
외씨 같은 치열 사이로
흘러나오는 음성에
정신이 昏迷 했었다.

어쩌다
미소라도 지으면
가슴은 녹아 내리고

언제나
어눌한 내 말을
미소로 감싸 주었지

그 미소를 찾아
당신이 움직일 때마다
자석처럼 따라 움 직이었는데

그 황홀恍惚했던 미소
아름다운 모습

이제는

돌아갈 수 없는 그때를
꿈속에서
다시 찾는다.

◔ **초연**
첫 사랑이란 글에 눈이 번쩍....역시 아름다운 추억.....꿈속에서....멋지네요.
◔ **산나리**
인생에 단 한번인 첫사랑.... 설레이고 그리워하고 눈물도 많이 흘렸던 기억이 이제는 안개 속으로......
◔ **성산**
첫사랑의 여인은 여자가 아니었지요, 여신이었었던 같아요. 왜 그랬을까요? 하지만 지금도 첫사랑 못지 않은 보다 성숙한 새로운 사랑을 하고 싶은 것은 저만의 소망일까요?
◔ **풀잎/ 김현숙**
에구...^^*
지금 제 가슴이 시인님의 시심따라 떨려 옵니다
첫사랑은 늘 두근거림과 설렘인 것 같습니다
그 어느때였던가...ㅎ
흑백필름을 마구 돌려봅니다
즐거운 마음으로 머물다 물러갑니다
늘 쾌필하시고 평강하소서~
고맙습니다
◔ **달빛지기**
첫사랑의 기억은
언제나 설레임이고 얼굴이 발그레지는 수줍움인 것 같습니다.
다시 돌아갈 수 없는 그 시절의 그 사랑을
이제는 꿈 속에서 찾아야한다는 시인님의 싯귀에서
아련한 추억이 아지랑이처럼 피어오름을 느낍니다.
곱고 청순한 시향에서
첫사랑의 추억을 상기시켜 봅니다.
고맙습니다.
늘 건안 건필하소서...
◔ **원산지 순천**
아갈수 없는 그 때 는 늘 그리움으로 다가오는 것 같아요~고운글에 머물다 갑니다~^^*

첫사랑 · 2

짧은 만남이지만
그 인연 유별나

오늘도 찾아간다.
마음의 여행길

소리 없이 흘러간
지난 세월

그 아득한
세월의 강가에 앉아
고독을 벗을 삼아
그리움의 탑을 쌓는다.

젊은 날의
옛 추억이 새록새록
떠오르는 건

나만의 행복이고
희열의 순간이다.

삶의 무게
짓누를수록 더욱 생각나는
향기로웠던 그 인연

삶의 빛으로 남네.

◑ **賢智 이경옥**
마음의 여행길을 떠나 오늘은 옛 친구의 흔적을 더듬어 봅니다... 고운글 속에 흔적을 두며.. ((^*^))
◑ **서연/강봉희**
아... 첫사랑.. 그 단어 자체가 가슴 떨림이다..
◑ **김완구**
말만 들어도 가슴 설레이는 첫사랑 삶의 빛으로 간직하는 그리움 아름답습니다.
◑ **여울**
엊그제 가입한 신입생 입니다. 마음속 깊은 곳에 몰래 간직해둔. 선생님의 행복하고 아름다운 첫사랑 글 속에서. 외줄타기의 곡예사로서의 그 에겐 사랑은 곧 흔들림이요 진동이었던 곡예사의 슬픈 첫사랑이 머리를 스칩니다. 한참 머물다 갑니다. 건필 하십시요.
◑ **성산**
첫사랑에 추억과 애상에 잠기게 해주시는 애틋한 시 감사합니다.
◑ **센스**
젊은 날의 첫사랑은 아마도 자신만의 비밀스런 행복한 추억인 것 같아요~^^

첫사랑 꽃

풋풋한 싱그러움이
부푼 가슴에 넘쳐나던
첫사랑의 꽃

정수리를 타고 흐르는
짜릿한
전율의 향기

마음의 창을 열면
언제나
환한 미소
아련한 향기로 다가온다.

잊을 수 없는 첫사랑
가슴에
순정純情의 고운 꽃으로 남아

수시로 피어나는
아름다운 추억이어라

⊃ **多情오수정**
첫사랑의 아름다운 추억사랑 가득하신날 되십시요~!^^*
⊃ **무궁화1**
고운글 잘 봤습니다.
⊃ **이루니**
잘 읽고 가슴에 담아 갑니다.
⊃ **설화**
첫사랑을 상기시키는 고운글 숙에 잠시머물며 아련한 어린시절이 그리워지는 시어에 취해 봅니다.
⊃ **초원 3**
잊었던 기억의 첫사랑이 생각은 난다만 너무 퇴색되었는지 아련하기만 합니다. 좋은글에 잠시 머믈다 물러갑니다^^*
⊃ **멋쟁이**
어릴적 열여덜 첫사랑이 생각나네요..... 꽃밭에서 두근거리던 짜릿한 감정 왜? 남에 속을 뒤집어 놓으시는지!

이별離別

예고된 이별도 견디기 힘들지만
당신의 위로가 더 아픈 고통이더라

길바닥에 쏟아내고 싶은
한없는 사연이
당신을 붙을 수 있나.

눈물범벅 되어
목 놓아 운들 소용 있나.

마음의 상처를 아물게 할
기약은 언제쯤인지.

오직 긴 세월이 아니었으면----
하는 바램.

꿈같은 시간이 다시 온다면
그때 이별의 한을
풀어 보련다.

◔ 소당
비오는날 아침에 이별이란 詩語 속에 잠시 생각에 젖어보는 귀한 시간입니다.
고마워요. 소산님.
◔ 竹虎김홍만
이별의 아픔을 토하셨네요. 꿈같은 시간 다시 붙잡기를 기대해 봅니다 건필하세요.
◔ 초연
마음의 상처가 아물려면 ..... 긴 세월이 지나도 쉽지 않을것 같은 생각이 듭니다. 이별의 아픔을 빨리 잊으시고 .... 아픔의 한을 풀어 보시길 바랍니다.
◔ 산나리
아무리 깊은 사랑도 이별의 고통도 세월이 가면 조금은......

삶의 풍경

추억

누구나 바라는 삶/환경(環境)따라 개성(個性)따라/천태만상(千態萬象)의 인생//부단(不斷)한 노력으로 단련(鍛鍊)된/심신(心身)으로/힘들었지만 극복하고//그 어려웠던 시절이/아름다운 추억으로/남는 행복//생각을 바꾸어/작은 것에 만족할 줄 알고//조금 더 양보하고/조금 더 베풀고/봉사하는 마음으로 여유를 늘리자.//여기에/같은 길을 걸어도/약해지지 않는 행복이 있다.//좋은 친구 사귀/여유(餘裕)를 즐기고//심미적(審美的) 안목을 길러/여가(餘暇)를 즐기는 삶//이 모두가/행복한 삶이 아닐까//　　-행복한 삶 전문

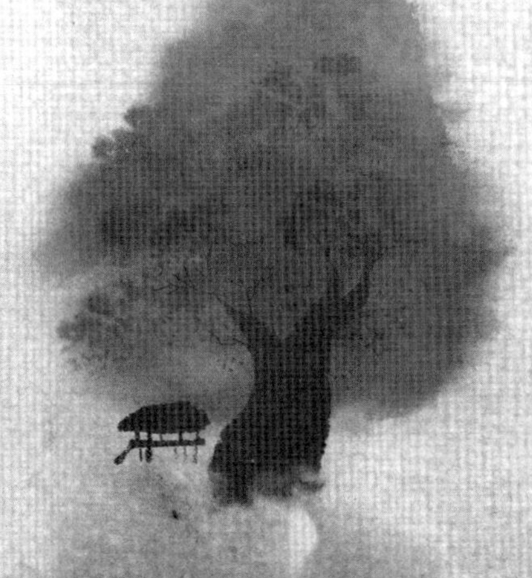

가로등

희미한 가로등
긴 그림자 드리우고
쓸쓸히
골목길을 더듬는다.

비가 오나 눈이 오나
춘하추동 그 자리서

때로는
연인들의 속삭임에
얼굴 붉히고
취객을 손잡아 주던
소중한 추억도 있었지만,

밤마다 찾아주는
별과 달

東으론 희망이드니
西쪽으론 허무만 남기니
달랠 길 없는 고독
커져만 가네

잊을 수 없는 수많은 추억도
상처 난 꿈도
모두

아침이슬에 묻는다.

☉ 賢智 이경옥

참..외롭게 서 있기만합니다그런 외로움을 아는지 모르는지..정작 가로등은 불빛만 나르고 있지요...

☉ 嘉園 김정숙

오랜 추억과 만나듯 가끔 창 밖의 가로등과 대화의 시간을 가지던 날도 있었지요. 시인님! 건강하셔요 ^^

☉ 竹虎/김홍만

가로등이 길목을 잘 지켜주지요. 추억도 만들어주고요. 고운글 감상 잘하고 갑니다.

☉ 해바라기

어려선 골목길에 서있는 가로등을 참 많이 보고 살았는데 요즘은 가로등이 눈에 많이 띄지 않는것 같네요 운전하다 보면 대로변에 서있는 가로등이 보일뿐.. 추억의 가로등은 역시 골목길에 서있는 가로등 이지요 많은 일들을 담고, 겪고 묵묵히 서있죠 ..... 오랫만에 어렵게 살던 그 시절을 생각케 합니다.

☉ 여름이

가로등은 많은 노래와 시의 주인공이 될만큼 사연들을 간직하고있지요. 추억의 가로등에 잠시 잠기었습니다.

다듬이 소리

또닥또닥 다듬이 소리
어둠을 깨고 적막을 깨뜨리며
허공에 리듬을 탄다.

층층시하 시집살이
서러운 시집살이
연약한 팔에 실고
비단도 두드리고 무명도 두드렸다.

또닥또닥
두드려도 두드려도
가슴속 주름살은 펼 길 없고
늘어가는 건 고뇌뿐

가물거리는 호롱불아래
창호지에 비치는 실루엣
다듬이질 여인상
동지섣달 추위를 녹였는데.

이제는 모두
세월 속으로 사라져간
향수鄕愁로 남았다

☉ 그향수

어릴적 늦은밤 어머니가 두드리던 다듬이소리!!! 생각하니 눈물이 나네요.

☉ 달빛미소

이맘때 어머니 이불호청 다듬이에 올려놓고 토닥이는 소리 경쾌한 그 소리 들리는듯 합니다.^^*

☉ 당신멋져

세월 속으로 사라져간 다듬이 소리구정 명절이 다가오니 향수에 젖는 마음입니다.

☉ 원산지 순천

설 명절 맞이 하시려고무거운 목화솜 이불 홑청에 빳빳한 풀 멕여 다듬이질 하시던 모습이 엄마의 모습이제 추억속에 살아 숨 쉬는것을요~

☉ 여울

명주천에 곱게 물들여 다듬이로 다듬어서 삼호장 저고리 예쁘게 지어서 장농속에 넣어두면. 손가락 꼽아가며 명절날 기다려야했던 그 시절. 60 여년전 까마득한 추억을 떠오르게 합니다.

☉ 최강

어릴 때 자주 보아오던 외할머니와 어머님의 다듬이소리~!! 서로 마주 앉셔서 또닥또닥~!! 이불등에 풀을 먹이고선 또닥또닥~!! ㅎㅎ 추억이여~!!

추억속의 고향

땀방울 쏟아내는 삼복三伏이면
한 가닥 청량제 같은
아련히 떠오르는
그 옛날 고향의 여름

목–물로 씻은 더위
평상平床으로 모여 들고
모락모락 모기 불
풋 내음 연기
매캐한 그 향기가 그립다.

도란도란
별빛을 벗 삼은
속삭임이 그립고
부모형제의 숨결이 그리워라

초가草家 지붕위로
피워 오르는 저녁연기
시골 정취情趣의 닭 울음소리
삶의 향기가 가슴을 적신다.

지금은
되돌아 갈수 없는 그 시절이

◔ **海岩/정미화**

되돌아 갈수는 없지만 그 아름다운 추억들이 지금을 있게 만들지요. 고운글에 함게합니다. 감사합니다

◔ **여름이**

인간은 더러 추억을 먹고 사는 동물.

◔ **산나리**

그림이 그려집니다, 그때는 그랬지요,저녁을 먹은후 평상에 모여 도란 도란 이야기 꽃에 .... 쏟아지는 별을 보다 잠이 들기도 하고... 지금은 어디에도 찾을 수 없으니...^^

◔ **소당**

되돌아 갈 수 없는 아름다운 추억~~~ 구경 하기도 힘든 서울의 생활....... 몸과 마음이 바쁘기만 하네요.

◔ **시인 김현만.**

소산님 글속에서 시골살던 기억속으로 갑니다. 한여름밤 갯가에서 주어온 비틀이 고동 군인모를 쓴 고동 살마서 모기불에 눈이 매워도 도란 도란 모여앉아 탱자 나무가시로 머리핀으로 바늘로 고동 속 파먹던 우리집 마당 정말 다때여치우고 그때로 돌아 가고싶습니다.

◔ **의제**

어린시절의 추억은 항상 아름답지요, 눈으로 그림이 그려집니다. 아름다운 그림이------

꿈

환희가 넘치는
무한 지경의 세상

현실에서 불가능한 것이
모두 다 이루어질 수 있는--

젊은 날의 나를
찾아 가기도 하고,

행복했던 부모님과
만나는 꿈도 꾼다.

그리고 다정한 친구와
우정도 쌓는다.

때로는 슬픔으로
흐느낄지라도

사랑하는 님 을 찾아
해 매기도 한다.

각박刻薄한 세상의 짐을
잠시 내려놓고,

오늘도 새로운
꿈의 나라로 들어가 볼까.

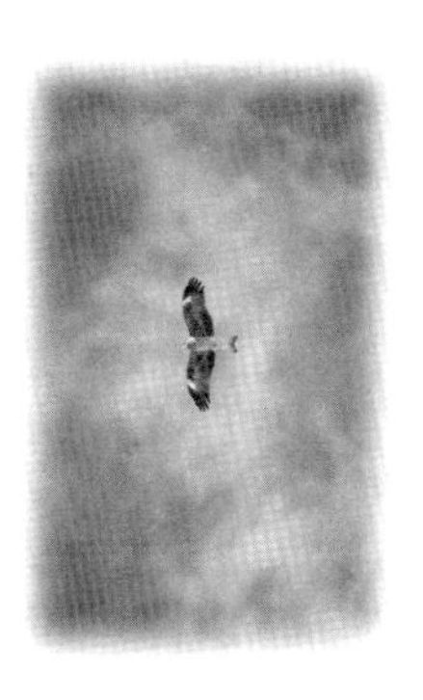

☺ **산나리**
원하는것 모두가 꿈에라도 이루어 진다면 얼마나 좋을까요. 오늘도 꿈을 꾸지만......
☺ **소당**
꿈이 현실로 될수 있다면 얼마나 좋을까... 생각해 보았습니다. 고운시 고마워요.

기회機會

형상도 없는데,
뭇 사람들
잡으려고 애를 쓴다.

좀처럼 다가오지 않으면서
순식간에
세월 속으로 달아난다.

뻔쩍이는 눈빛으로 엿보는
용기 있는 자에게는
환한 미소를 짓고

주저躊躇하면
후회의 세월 속에
몸부림친다.

기회는
일생에 한번뿐이라 했든가

활기차고
보람된 생을 위해
마음을 가다듬고
대비하여 잡으리라

단 한번뿐인 웃음의 천사를

◔ **海岩/정미화**
주어진 기회속에 멋진 삶을 펼쳐 보는거지요. 마음에 담아갑니다. 감사합니다.
◔ **이은협**
소산님 종종 소식 못전해 죄송 합니다. 별고 없으시죠? 언제나 좋은글 올려 주심 감 사 드립니다. 총회와 출판 기념회때 뵈요. 참석명단에 올리겠습니다.
◔ **설화**
좋은글 깨달음 주시는글 잘보고갑니다.

어머니

언제나 들어도 가슴 뭉클한 소리다.

지극 정성으로 키운 자식들
지금은 모두 뿔뿔이 흩어지고,

텅빈 가슴 기다림의 세월을
어떻게 버티셨나요

거칠어진 손발이 야위어도
오직 자식 잘 되기만 비셨죠.

모처럼 왔다가 떠날 때는
시야에 벗어 날 때까지
항시 동구 밖에 서성이던 어머니

"아이구 오나"
환한 웃음으로 맞아주는
그 모습 상상만 합니다.

어떻게 하여야 할지
막연히 알지만

온몸 바쳐 마음 편히 모셔도 부족한데,
그 놈의 생업 때문이라고,
이유 없는 핑계를 댑니다.

그저 아쉬움만 그리움만 쌓여간다.

이 세상 하직 후, 그때 후해한들
소용없는 줄 알면서도-------

어머니 !
100세 장수를 기원 하면서

그냥 소식만 전하는
못난 자식이 오이다.

안순이
명절을 앞두고 고향에 계신어머님을 생각케하는 님의 따뜻한 글에 머물러봅니다.
제일/정영진
부모님 앞에서는 항상 죄인입니다 건안하세요
이뿌니
나도 어머니 또 나에게도 어머니가 있었다, 언제나 들어도 가슴 뭉클한 어머니란 단어... 입니다.
당신멋져
어머니의 사랑 주어도 주어도 마르지 않은 사랑 입니다그냥 소식만 전해도 눈물짓는 어머님 이십니다건강하시길 기원 합니다.
달빛지기
언제나 눈물이 되고그리움이 되는 어머니... 오늘따라 무척이나 불러보고 싶습니다.고맙습니다. 건필하소서...
달빛미소
동구밖 서성이는 어머니 모습이 선합니다.^^*

꿈길

스르르
숨소리 속으로 빠져드는 길
가도 가도 끝없는 길

따스하고 포근한
어머니 품속
환한 미소가 있고

꽃피고 새우는
화사한 봄날의 언덕에
고운 미소로 손짓하는
님을 만나기도 하지

근심. 걱정도 없는
순진무구純眞無垢한 동심이 누비는
그리운 고향 산천도 있다.

때론
소원성취의 황홀함이 깨질가바
조바심하는
달콤함도 녹아있다.

◑ **竹虎/김홍만**

항홀한 끔길 걷고 싶습니다 언녕하시지요?

◑ **이뿌니**

잘 읽고 갑니다, 고은 글입니다,

◑ **청담 추연택**

아름다운 꿈길 지금 가고있는것 같습니다. 잘 보고 갈려니 아쉽습니다.. 감사합니다.

◑ **소당 김태은**

소산님의 시심이 부럽습니다. 합천의 아름다움과 추억을 잊을수가 없답니다.

◑ **연지**

꿈 길에서 방황 하시는거 아닌가요? ㅎㅎㅎ

노년 인생

지난 세월의 삶
이정표里程標가 없었다.

의식주衣食住 해결 위해
찌든 가난을 벗어나기 위해

부딪히는 환경, 여건 하에서
무조건 최선을 다했다.
젊음의 정열을 불 태웠다.

때로는
풍랑을 맞은 배같이
두려움에 갈피를 못 잡기도 했지만
막연한 희망 하나로 기氣죽지 않았다.

고난의 세월은
아득한 추억으로 남고

행복했던 시절은
바람처럼, 구름처럼 흘러갔다.

이제는 세상사 훌훌 털고
마음의 여유를 가지고
더불어 사는 삶을 즐기자

상쾌한 아침 산책에
건강을 맡기고

아름다운 여생
행복한 삶을
부단한 노력 속에 누리자.

◑ **산나리**
그래요, 남은 여생은 황금 같은 시간이지요, 부디 여유롭게 행복한 삶을 누리소서...
◑ **태산**
평생을 국가와 민족을 위해 봉사 하셨으니 남은생애 활기차게 행복할 권리가 있으니 건강관리 잘 하시고 지내시면 될것입니다.
◑ **초연**
인생은 짧고 예술은 길다. 소산님께서는 시인 등단 하시여 역사에 기록을 남기셨으니... 행복 하시죠? 더불어 사는 삶을 여유당 에서... 홧팅!!!!!!
◑ **성산**
고난의 세월 아득한 추억이라는 말 저도 실감합니다. 그런데 아직 세상사 훌훌 털지 못해 고민하고 있습니다.
◑ **해솔**
60평생을 열심히 산다고 살아왔지만 그래도 아쉬움은 태산같으네요. 남은 인생을 더더욱 보람있게 살도록 노력하겠습니다. 감사합니다.

노년 인생 · 2

앞만 보고 달려온 인생
지난 세월 뒤 돌아보니

꿈 많던 청춘은
희미한
기억 속에 묻혀버리고

회한悔恨의 여운餘韻만
밀물처럼 밀려와
나약한 마음을 흔든다.

그래도
아직은
마음만은 젊으니

살아 있음에 감사하고
보람된 시간 많음에
새로운 의욕 생긴다.

남은 여생餘生
건강에 유의하면서
친구 만나 정담 나누고
작은 것에 만족해보자.

그리고
무한無限의 인터넷 바다에서
즐거운 여가시간 만들고

문명의 이기利器가 날로 발전해
삶이 풍요로운 세상

잘
적응適應하여
행복한 여생을 누리자.

◑ **서연/강봉희**
아직 모습도 마음도 모두 젊으셔요... 행복한 삶... 멋지게.. 화이팅요~~~~~~
◑ **仁塘/윤명숙**
아름다운 행복으로 여생을 누리시면서 평안하세요. 고운글에 다녀갑니다. ^ㅎ^
◑ **성산**
While there is life, there is hope.{살아있는 한, 희망이 있다.} 란 말처럼 희망을 품고 살 때 행복하리라 믿습니다.
◑ **산나리**
그렇게 하세요, 긍정적인 삶은 행복하답니다. 무한의 인터넷 바다에서. 그리고 여유당에서.......^^

창작 활동

백지 위에 수繡놓을
화려하고 멋진 글

만인이 공감하고
칭송할 작품

그런 작품을 그릴
꿈에 부풀지만
첫 줄부터 막힌다.

그래도
종횡무진縱橫無盡
상념의 나래를 펼치는 것이
얼마나 행복 한가

졸작拙作이 될망정
아무도 그려보지 않은
미지의 영역領域으로
잉크는 흐른다.

쓰다가 지우고
고치기를 수 차례
마무리 할 무렵이면

언제나
부족한 아쉬움에
짧은 머리를 탓한다.

연습이라도 좋다.
글을 쓰겠다는 의욕意慾은

삶의 노래!
즐거움이 아닐까

➲ **소당**
모방보다는 창작활동 을 해야 발전이 있고 멋집니다. 기대 할께요. 많이 더우시죠?
➲ **태산**
아까 어느 글에 우리 세대는 추억 만 있고 꿈은 없다 라고 그랬는데 아름다운 수많은 추억만 가지고도 많은 시상이 떠오를실건데요. 안그래도 잘 쓰시는 글 인데 본격적으로 창작을 하신다면 대단 하실겁니다.
➲ **산나리**
창작 활동 ... 아무나 하나요. 부럽습니다. 행복이고 즐거움이죠, 기대합니다.
➲ **곤쇠넝감**
부럽습니다. 저는 아예 꿈을 접었습니다. 많은 글 기다릴게요.
➲ **성산**
글을 쓰겠다는 의욕으로 펜을 드는 것이 칭조의 시작이지요?
➲ **제일/정영진** 11.02.09. 12:25
건필하세요 ^^* 쓰는 것도 힘들지만 소재 찾는 것도 힘들어요.

만남

우리의 삶은
만남의 연속連續

그리움은 언제나
상면相面의 기쁨을 낳는다.

사람은
완벽 할수록
거리를 두게 되고

조금은 어리숙 해야
더욱 친해지는 법

이것은
조화調和를 이루어 살아가라는
약자弱者를 배려配慮한
신神의 선물膳物

만나서
회포懷抱의 잔을 기울이며
시간 가는 줄 모르고

환한 웃음소리가
떠나갈 줄 모르는

순간순간이
정겨움으로 남아
아름다운 추억追憶이 된다.

만남 !
삶의 활력活力이고
이별離別의 묘약妙藥이다.

◔ **부강**
만남! 그것은 가슴설레는 단어이기도 하지요. 삶의 활력이라는 말도 사실이고요.
◔ **산나리**
만남이란 가슴 설레이는 기쁨을 안겨 주지만, 언젠가는 헤어져야 하는 서글픔이 있어 ~~~~
◔ **소당**
만나고 헤어지고..... 누구나 언젠가는 함께갈수 없는 운명이니.... 살아있을때 후회없이 즐겁고 멋지게 살아 가시길.....
◔ **태산**
너무 완벽을 추구하기보단 약간은 모자라는데도 있어야 매력이 있고 정이가지요...... 좋은 글 감상 잘 했습니다.
◔ **성산**
그리움과 만남, 만남과 그리움: 두 가지가 상호적이며, 이별기간을 그리움이 채우는 것 같아요.
◔ **해솔**
그 정겨움이 정이 되여 그리움을 낳는 것이겠지요...

삶의 소리

아가의 귀여운 귀는
자장가에 민감敏感하고
어머니의 숨소리에 잠이 든다.

감미로운 선율旋律은
깊은 감흥感興에 젖어 들고

그리운 이의 음성에
두 귀는 활짝 열린다.

온갖 기계소음機械騷音과 비난의 소리
슬픈 소릴랑
잠시 귀밖에 걸어 놓고

맑은 새소리
무념무상無念無想의 바람소리
가냘픈 풀벌레소리 등

아름답고 고운
자연의 소리 벗 삼아

도란도란. 소곤소곤.
정감 넘치는 소리
진한 삶의 소리

이 세월 속에 찾아
삶의 즐거움을 노래하자.

산나리
요즈음 같아선 새소리 바람소리 물소리 풀벌레소리 합창 들으며 그렇게 살고 싶습니다 , 아무 생각 없이.......
센스
정감 넘치는 진한 삶의 소리 세월속에 찾아 삶의 즐거움을 노래할렵니다~^^ㅎㅎ
소당
맑은 새소리... 무념무상의 바람소리.... 풀벌레소리.... 자연의 벗 소리 고운 시향에 젖어 봅니다.

설날

세세연년 맞이하는
歲時 풍속

祖上의 蔭德기리고
그리운 가족. 고향 찾아
새로운 풍속. 민족 대이동

모처럼 생기 도는 가정
새해 선물오가며
새해를 밝히는
웃음꽃이 넘치네

일가친척
마을 어른에
歲拜하는 아름다운 전통

한해의 새 희망
건강과 萬福을 비는
德談이 쏟아진다.

만나는 사람마다
정다운 새해인사
넉넉한 인심에
세상시름 잠재우며

올해도
한 그릇 떡국에
연륜의 탑은 높아가고
헤어지는 아쉬움 속에
소중한 추억은 쌓인다.

➲ 여울
요즘 아이들 새배는 많이 다른 양상을 보는듯 하여 좀 씁슬할때도 있어요. 우리말에 불공보다 잿밥이라 말이 실감 나더군요.
➲ 소당
건강하게 내년의 떡국을 ..... 헤여지는 아쉬움 만남의 연속입니다. 헤여지기 위해서 만나는 것 아닐까요.
➲ 설화
정겨운 글속에 우리의 삶에 모습 그대로인듯 잘 머물다 갑니다.
➲ 여름이
우리나라의 좋은 풍속 .설날이면 때때옷에 세뱃돈에 설레움이 가득하던 어린시절이 생각납니다.
➲ 시인 김현만.
경인년새해복많이 받으시고 문운이 활짝열리시기를 기원 드립니다.
➲ 안개
아직도 설 기분이 살아 있습니다, 다음 명절이 올때까지 소산님의 글 잊지않고 들춰 보겠습니다,

세월

눈에 보이지도 않고
잡을 수도 없는 세월
잘도 흘러간다.

슬픔과 눈물, 고통의 날도
거침없이 휩쓸어가고

환희에 들뜨던 행복했던 날도
세월 속에 녹아 스러진다.

시작도 끝도 없이
흘러가는 세월에

깊은 주름, 굽은 등
초라한 몰골만 남고,

세월
화려하고 즐거웠던 날보다
힘들고 어려웠던 지난날을

아련한 추억 속에 빠지는
묘약妙藥을 선사한다.

그리고
후회後悔와 아쉬움도

가슴에 남긴다.

찰나에 불과한
애틋한 인연因緣일랑
세월을 비켜갈 수 없을까

추억으로 삭이기엔
미련未練이 너무 많기에,

그저
덧없이 흘러가는
세월이 원망스럽다.

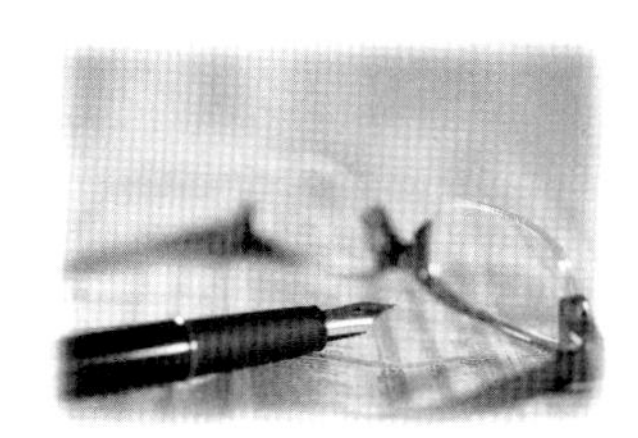

산나리
그렇지요, 요즈음엔 세월이 더 빨리 가는것 같아요, 허지만 오늘이 남아 있는 삶에 가장 젊은 날이고 아름다운 날이지요, 그날.. 오늘하루를 소중하게 귀한 추억 만들어 가며 후회 없는 삶을 사신다면 더 이상 무엇을....... 늘-- 건강 하시어 좋은시 올려 주세요. ^ ^

소당
분명 가야하는 미지의날..... 덧없이 흘러가는 세월을 원망하지 마시고..... 인생은 70부터이니.... 후회없는 삶을 살도록 하세요. 아직 청춘이십니다.

성산
행동하라 산 현재에 행동하라는 롱펠로우의 말처럼 똑같은 시간도 사람에 따라 다르게 이용되는 것 같아요.

태산
지난 세월은 누구나 덧 없고 허무만 있으니 지금 현재의 삶이 중요하겠지요 .....남은 세월 지금부터라도 열심히 삽시다.

세월 · 2

세월!
이 세상 모든 삼라만상森羅萬象과
인간사의 희로애락喜怒哀樂을 안고
소리 없이 흘러간다.

슬픔과 분노. 마음의 고통은
세월에 씻겨
상흔傷痕이 다소 아물지만,

몸은
늙음이라는 아픔을 못 느끼는
깊은 상처傷處를 남긴다.

무심하게 흘러가는
세월의 강가에 앉아
부르는 비탄悲嘆의 노래

젊을 때 기다리는 세월은
그렇게 느렸는데

연륜이 쌓일수록
세월의 속도가 배가倍加되는
안타까움을 탄식歎息해 보아야
이미 때늦은 후회後悔

행복했던 지난 세월을
반추反芻하면서
마음만은
언제나 젊게 살자.

◔ **산나리**
젊을때는 세월이 더디게 갔지요, 지금은... 아름다웠던 지난 추억을 반추하며 살면 행복한 사람 이래요. 무심히 흐르는 강가에서 부르는 노래가 있으니 아직도 젊으십니다. ^
◔ **초연**
아직 청춘이십니다. 다음에 만날때는 더 재미난 무용을 가르켜 주신답니다. 지금부터 시작이라고 .... 즐거운 삶이시길....
◔ **소당**
누구나 후회하면서.... 살아 간답니다. 지금 이 순간 부터라도 후회없는 멋진 삶이시길 소망합니다. 자주 뵈어요.
◔ **태산**
이제는 아름다웠던 추억을 먹고 살아야죠. 아직은 심신이 건강하시니 잘 지켜가면서.... 건강한 정신은 백수를 누릴것입니다.
◔ **센스**
마음만은 언제나 젊게 살아요~저는 아직도 이십대 마음으로 산답니다~^^ㅎㅎ

손자의 백일

조그만 양손을 흔들면서
재채기. 하품. 씨익 웃는 모습

신기 하게도
사람의 生理를
용케도 다 배웠다.

내리 사랑이라고 했나
자기자식 키울 때와
다른 情을 느낀다.

시대 따라 떨어져 있다 보니
相面의 기쁨이 倍가 된다.

아무리 아름다운 꽃도
몇 번 보면 그만인데

애기는 보면 볼수록
더 사랑스럽다.
이것이 자연의 攝理일까?

이제는
어느새
눈을 맞추고
웃음과 옹알이가 늘었다.

손자를
오랜 기다림 끝에
만난 백일이다.

◔ **소당**
귀여운 손자의 백일을 축하합니다. 손자 사진을 올려주시면 더 ...좋았을텐데.......
◔ **센스**
내리사랑 이라고 자식 키울때보다 손자가 더 예쁘다고 하던데 정말 그런가 보군요? 손자의
백일 축하드립니다~건강하고 멋지게 자라길 기원합니다~^^
◔ **태산**
사진방에 손자 사진 봤는데 잘 생겼더라고요.....손자 백일 축하 드립니다.
◔ **돌이**
손자의 눈망울 이 초롱 초롱 하고 무척 영리하게 생겼읍니다. 축하합니다.

회상回想

꿈같이 흘러간
세월을 돌아보니
마음속 구석구석에
허무虛無한 감정이 솟네

담소談笑 나누던 사람도
다투던 사람도
갖가지 사유로

하나. 둘
영영 떠나간 자리
새로운 세대가 소란스럽게
자리 잡고

그 시선을 피하여
허공虛空을 바라볼 때

아련히 떠오르는
온갖 사연들이
가슴을 아리게 한다.

언젠가는
떠나야 할 그때까지
오늘의 소중한 시간
어떻게 보낼까

다시 한번
깊이 생각게 한다.

◔ **산나리**
그래요 ,지난 것은 아름답기도 하고 허무하고 , 그 어떤 사연이든 그리워지네요. 허지만 조금 남아있는 시간을 정말로 후회 없는 추억을 만들어 가야지요. 고맙습니다. ^ ^
◔ **성산**
회자정리 생자필멸[會者定離 生者必滅]의 진리는 모르지 않지만 물 흐르듯이 흘러가는 세월에 떠 밀리는 기분 공감합니다.
◔ **해솔**
그많은 시상이 어디서 나오시는지요... 존경스럽습니다... 남은 시간들 보람차게 만들까 합니다.. 감사합니다.
◔ **당신멋져**
오늘도 하루도 무의미 하게 흘러 가고 있습니다
오늘 하루를 돌아보면 반복된 생활 연속
그렇게 죽어가고 있나 봅니다
◔ **달빛지기**
자연이 윤회의 법칙 속에 머무는 거라면
우리네 인간도 자연의 섭리에 순응할 수밖에 없지 싶네요.
生에 대한 상념에 젖다 갑니다.
고맙습니다.
건필하소서...

송년의 길목에서

대망의 꿈을 안고
맞이했던 이천십년

어느새
낙조落照의 등을 타고
차가운 대기 속으로
꼬리를 감추려한다.

되돌아보니
저만큼서

회안悔恨의 손짓이
아쉬움의 강물이
가슴 가득히 밀려온다.

덧없이 보낸 세월
쓸어내리고

신묘辛卯년 새해에
새로운 새 희망
순백의
튼튼한 싹
보람의 꽃을 피우리라.

여울
보내는 아쉬움. 보람찬 새 희망. 소산님 마무리 잘 하시고 희망찬 새해를 맞이합시다. 올 한해 수고 많이 하셨습니다.
산나리
그렇게 하세요, 누구나 회한은 있는것.... 새해엔 새순이 돋아나듯 가슴속 깊이 푸르름을 채워 보세요.^^
청운 0.12.30. 18:25
강물은 뒤돌아보지 않고 흘러가지요. 미련도 아쉬움도 다 떨쳐버리시고 또 긴 여정을 달려가야겠지요. 내년에도 주옥같은 좋은 시 많이 기대하겠습니다. 새해 복 많이받으세요.
이뿌니
잘 읽고 심장에 담아 가지고 갑니다,
29회백재용
선배님 가는 세월이 미워지기도 합니다. 그동안 선배님의 아름답고 정겨운 시어들 잘읽어 습니다. 새해에도 건강하시고 드라믹한 시어들 많이올려주십시요. 감사합니다~~
당신멋져
해맞이 고운글 잘 보고 갑니다,,,, 새해 복 많이 지으세요,,,,

친구 생각

언제나
만면滿面에 웃음 가득한
다정多情한 네 모습

운명적運命的으로 만나
의기투합意氣投合했던 지난 세월

온갖 생각들이
앞 다투어 떠오른다.

각박刻薄한 세상
흉금을 터놓고
세상사 의론議論했던
오직 한 사람

나를 위해
날마다 기도 한다던 음성音聲
지금도 생생한데

이제는
소식消息 조차 없다.

덧없이 흘러간
젊은 날의 꿈

아쉬움과 미련이 가득한
그때를 그리면서

오늘도
하루 해를 보낸다.

소당
날마다 기도했던 친구분께서 소식이 끊기셨다니....지난 세월은 잊으시고...이젠 여유당 식구들과 ...새롭게... 글로써 고운 우정을 나누시기 바랍니다.
성산
"즐거웠던 그 날이 올 수 있다면.. 아련히 떠오르는 옛날로 돌아가서..." 옛 노래가 생각나는 시 감사합니다.
센스
나를 위해 매일 기도한다는 그런 친구분이 있었다는 것이 부럽네요~^^

詩의 香氣

언어의 향기
마음의 향기가
삶의 노래가 되어
뭇 사람의
心琴을 울린다.

때로는
잔잔한 喜悅에
歡喜의 窓이 열리고

때로는
가슴에 스며드는
슬픔에 흐느끼기도 했다.

森羅萬象이 시향이 되니
東西古今을 통하여

모두가
喜怒哀樂의 가락에
삶이 豊饒로웠다.

無限의 想念
네 향기를
享有키 위해

오늘도

향기의 꽃봉오리를

터뜨린다.

◔ **소당**

시의 향기는 뭇사람의 심금을 울리지요~~아름다운 시어에 심금을 울립니다.

◔ **竹虎/김홍만**

고소한 향을 음미하며 다녀갑니다

아리랑

우리들의
가슴으로 면면히 흐르는
노래

심금을 울리며 녹아드는
부드러운 멜로디

민족의 혼이 응집된
한恨 많은 아리랑

허기진 고통으로 넘었고
망국의 설움도 넘었다.

사랑하는 임과의
이별의 고개

애절한 심정
눈물의 고개 아리랑

이국異國땅 하늘아래서
사무치는 향수를 달래는
아리랑

민족의 가슴에
영원히

살아 숨 쉬는 가락이어라.

ↀ **海岩/정미화**

그렇지요. 민족의 가슴에 영원히 살아 숨 쉬는 가락이지요. 남녀노소 막론하고~~좋은글 감상 잘햇습니다 감사합니다.

ↀ **여多情 오순옥**

아리랑~~ 고운글 감사드립니다. 고운밤 보내시고 사랑의 10월 맞이 하십시요~!!

ↀ **소당**

세계에서 가장 아름다운 노래 아리랑..... 시어가 정말 훌륭합니다. 살아숨쉬는 가락인데.... 가사중에 나를 버리고 가시는님은 십리도 못가서 발병난다 ? ... 여유당을 버리고 가시는

ↀ **문경자(21회)**

선배님 잘 보고갑니다. 많은것도 얻고 한번더 새겨보았습니다. 아리랑~~~

ↀ **29회백재용**

외로울때 슬플때나 우리에 민요가락 애달픈 마음을 달래기도 했든 아리랑, 조용히 불려봅니다. 아름다운 시어 잘읽고갑니다~

옛 친구 생각

시원한 계곡바람
찾아드는
정자나무 아래 오르면

골목길 패거리
옛 친구 생각이 난다

삶의 바다로 떠나간
그리운 옛 친구
추억의 불씨 속에
새록새록 떠오른다.

수박서리 하다
쫓기던 동구 밖
한가로이 떠가는 뭉게구름
오늘도 변함없는데

동심에 뛰놀던
그때 그날들이
덧없는 세월 속으로
하얗게
바래어 간다.

㉢ 안개 남우현

토요일 들어 가셔서 쓰신 글 인가요, 누구나의 옛시절 좋은 글 에서 머물다 갑니다,

㉢ 설화

그리움에 젖게하는 시향에 잠시 머물다 갑니다.

㉢ 소당

옛 친구는 새록 새록 생각이 나지요 ? 시상이 부럽습니다.

㉢ 나무

동심에 뛰놀던 그때 그날들....그립습니다...

㉢ 竹虎/김홍만

진한 우정의 산실 그런 날이 그립습니다 추억 참 아름답지요?

요령要領

인간사人間事 필수적必須的 요소要素
요령要領

생존生存을 위해
일의 능률能率을 위해
사물事物의 깨달음을 위해

하지만
수많은 실패失敗를 거듭해도
좀처럼 늘지 않고
터득 치 못한다.

뜬구름 같지만
반복反復을 거듭하면 생기는 묘한 이치理致

터득하면
희열喜悅과 감동感動이다
그리고 크다란 도움이 된다.

발명發明의 원천源泉이기에
모든 사람이 너를 사랑한다.

때로는
완벽完璧을 기하지 않고
적당適當히 해 넘기려는

잔꾀 때문에
세인世人의 지탄指彈을 받기도 하지

그래도
모든 이가 버릴 수 없는
너를 찾아 헤맨다.

센스
저는 있는 그대로의 모습만 보여줄뿐 요령을 부릴줄 몰라서 매일 남들에게 당하나 봅니다 ~^^

답글
ㄴ 곤쇠넝감
要領 : 길속, 길수, 미립, 벼리, 뼈대, 솜씨, 줄거리가 아닌 뜻으로 요즘 더 많이 써서...

시인 김현만.
살면서 누구나가 한번쯤은 요령을 피워보지 않아쓸까요.. 머든지 지나치면 좋치않는것 처럼 적당한 요령은 삶을 살아가는데 지혜로울수있을것 같습니다....

성산
요령을 경륜있는 삶의 지혜라 해야 할지? 영악한 처세술이라 해야 할지? 요령때문에 신뢰가 무너지는 경우도 있지요.

인사

인사는 인간사의 근본根本
사람의 도리道理다.

인연은 만남이고
인사로 시작되고
인사로 끝난다.

수많은 일들이
다정한 인사에서
부드러워지고 쉬이 풀린다.

성취成就된 만남에는
항시 감사의 인사 뒤따르고
위로의 인사에 용기를 얻는다.

겸손과 정성이 담긴 인사는
상대가 먼저 알고
훈풍 되어 돌아온다.

모든 분노. 시기. 질투.
잠시 생각을 바꿔어
쉽지는 않지만
웃음 깃든 인사로 시작하자.

그냥 모든 것이
봄눈 녹듯 사라질 것이다.

매사에 감사하고
정다운 인사는
보다 풍요로운 세상
따뜻한 이웃이 된다.

소당
주룩 주룩 비 소리들으며 마음에 쏘~옥 드는 인사 시를 가슴에 담고 갑니다. 고운시 고맙습니다.

센스
웃으며 인사하는데 싫어하는 사람은 아마도 없을거예요~ 근데 전 솔직히 안면이 있어도 친하지 않음 말시키질 못해 먼저 아는척 하며 인사를 하지 못했거든요~ 반성합니다~^^

성산
"항상 기뻐하라, 범사에 감사하라,"는 명언을 생각해보는 시 감사합니다.

태산
인사에 인색한 저가 참고해야 할 글입니다..... 감사 합니다.

해솔
어릴때 동네어른한테 인사를 잘 안한다고 어머니한테 꾸중을 듣던 시절이 생각납니다... 인사는 인격을 수양하는데 첫 걸음이지요.. 고맙습니다..

즐거운 기다림

오늘은 X마스 이브날
모처럼 긴 연휴 맞아
서울서 손자가 온다.

세월이 좋아
하루걸러
영상통화로 만나지만

앙증맞은 모습
고사리 손
맑은 미소보고 싶어

마음은
마을 밖
大路에 서성인다.

듬직한 아들과
상냥한 며느리도 좋지만

귀여운 손자가
더 보고 싶은 건
내리사랑 天倫인가

오늘따라
날씨도 포근하다.

즐거움 넘치는
기다림이다.

산나리
저도 아들 보다 손자녀석이 더 예뻐요, 만날때 마다 그녀석을 꼭-- 안아 주는데... 더없이 행복해요. ^^
소당
아들이 넘 잘 생겼어요 그러니 손자는 더 잘 생겼기고 귀엽겠지요 ~~~대로에 서성이는 모습이 눈에 선 하네요 ㅎㅎ
여울
고사리 손이 커질수록 쥐어주는 용돈도 액수가 커지더군요.
안개
소산님 행복하십니다, 저의 애들은 아직두 짝도없이 그냥 보내니 소산님이 부럽습니다,

추억의 그림자

朔風에 울던
실버들 가지에
따사로운 햇살
향긋한 봄 향기
여울처럼 밀려오면

무심한 시냇물에
옛 님의
그리움의 꽃
봄빛 속에 피어나네.

여린 가슴은
未練의 끈을 놓지 못하는데

기억의 언저리에 맴돌던
숱한 사연은
하얗게 바래어간다.

그때 그 시절 그리는
시냇가

바람에 하늘거리는
실버들
연초록 낚시 드리워

하염없이 바라보는
추억의 그림자.

남상효
시인님 안녕하시지요 훌륭하시시심에 머물다갑니다 문운하십시요^^
산나리
그림이 그려집니다, 하늘거리는 실버들... 무심히 흐르는 시냇물..... 봄의 정경을 바라보고 있으면 지난날 설레이던 감성이 아련히 떠오르기도 하지요, 즐감했습니다.
시인 김현만.
아련한 그리움의 시간속을 걸어봅니다... 하얀 안개가 살며시 기대여오는 그길을.... 고운글에 함께했습니다.
여름이
젊은날의 감성이 생각나 아련한 추억에 잠깁니다. 고운시 감사합니다
竹虎/김홍만
연초록으로 물들어가는 실버들에 그리움이 묻어납니다.

친구를 떠나 보내고

영화의 첫 장면처럼
언제나 환하게 웃으며
크게 다가오는 모습이었다.

예상치 못한 일이라
아직도 네가 떠난 것이
실감實感이 나지 않는다.

차라리 화난 모습이면
미련만은 덜할 것을

이제는 아무리 찾아도
흔적痕迹조차 없고

텅 빈 가슴에
네 목소리만 울리는 구나

허무虛無한 인생
불귀不歸의 객이
이리도 야속野俗한가

마음속 깊이 자리 잡은
네 얼굴
더 그리워진다.

친구여
네 명복冥福을
다시 한번 빌어본다.

◑ **소당**
애절한 詩語에 머물다 갑니다.
◑ **모니카/박종욱**
좋은우정이었다고 한줄의 詩를 남기는 소산님의 친구를 보내드리는 조시에 발걸음 멈추며 내 마음도 포개어 삼가 고인의 명복을 비옵니다~~~
◑ **성산**
가까이 가슴에 살아있는 저 세상 친구에 대한 사미인곡 뭉클합니다.
◑ **태산**
참 슬픈 일이네요 좋은 친구를 잃었네요.. 아파보니 건강이 최고더라고요 운동도 절대 무리는 금물이라는 교훈을 얻습니다.
◑ **해솔**
고인의 명복을 빕니다. 소산님의 마음 아프신 심정을 알수 있을것 같습니다. 허무한것이 우리네 인생살이인것 같아요.
◑ **센스**
친구분 잃은 슬픔 그 무엇으로 위로가 될까요? 소산님도 늘 건강 조심하십시요~^^

피서避暑

성하盛夏의 계절
녹음방초綠陰芳草 우거진
시원한 계곡을 찾아

푸른 바다
갈매기 손짓하는
해변을 찾아

더위피해 찾아가는
가족 여행길
교통 체증쯤이야.

일상생활을 벗어나

낮이면 매미 소리에
생명의 소중함을
새삼 느끼고

모깃불 피어놓고
밤하늘의 별빛을 바라보며
한가한 시간
가족만의 오붓한 시간

수박과 옥수수 먹으면서
도란도란

이야기 꽃 피우는 낭만은

여름철
피서의 즐거움이다.

성산
가볼 만한 피서지가 많은 것 같습니다. 어디서나 마음가는 곳에 즐거움과 보람이 있으리라 생각합니다.
초연
수박과 옥수수 여름철에 ... 맛 있지요..... 아름다운 피서 시에 쉬었다 갑니다.
모니카/박종욱
수박과 옥수수는 아니드라도 이번 제주도 휴가에서 모처럼 자녀들에게 내일을 위해 좋은 이야기 나누며 부모로서 들려 주고싶은 이야기를 참 많이하며 뜻깊게 보냈던 휴가.. 피서였습니다~ 소산님, 그때 만난 잘 생긴 아드님과 여유로운 피서를 즐기시길 바랍니다 ~~~
태산
소산님의 글 보며 피서온 기분 내고 있네요..... 고맙습니다.
센스
시원한 툇마루에 앉아 모기불 피워놓고 먹는 수박이랑 참외, 농사지은 옥수수랑 감자 쪄먹는 맛도 일품이지요~^^ㅎㅎ

행복

눈에 보이지도 않고
손으로 잡을 수도 없는데
모두 찾아 헤맨다.

부귀영화를 누리면
가까워 질것 같아
혼신渾身의 힘을 모으지만

욕심을 낼수록 멀어지고
마음을 비울수록 가까이 다가 오는 것
세상사 생각하기에 달렸다.

스스로 느끼기 힘들어도
다른 사람이 잘도 찾아내는 것

마음을 가다듬어
언제 어디서나, 내 곁에 항상 있는

그 행복을 찾아내어
하루하루를 즐겁게 살아가자.

행복!
이 세상에
존재하는 것만으로도
행복한 것이다.

⊃ **신우**
아침에...... 행복한 글을 대하니 행복해지는 마음 입니다.존재 하는 것 많으로도 행복 해야 죠.........
⊃ **산나리**
행복은 아주 평범한데 있지요,두눈이 있어 아름다운 풍광을.... 두귀가 있어 가슴 저려오는 음악을.... 두발이 있어 내가 가고싶은 곳을 가니 .... 아, 내가 그저 살아있음에 행복함을..... 감사합니다.
⊃ **태산**
언제나 가슴에 와...닿는 글 올려주셔서 고맙습니다. 자주 뵙기 바랍니다.
⊃ **소당**
행복은 멀리 있는게 아닙니다. 오늘만 사는것이 아닌 언제나 스쳐 지나가는행복 을 모두 잡고 싶지만..... 땀을 잔뜩 흘린 후 가슴으로 자란 조개 진주로 빛날 때 겨우 행복이 보이는것 같습니다.

행복한 삶

누구나 바라는 삶
환경環境따라 개성個性따라
천태만상千態萬象의 인생

부단不斷한 노력으로 단련鍛鍊된
심신心身으로
힘들었지만 극복하고

그 어려웠던 시절이
아름다운 추억으로
남는 행복

생각을 바꾸어
작은 것에 만족할 줄 알고

조금 더 양보하고
조금 더 베풀고
봉사하는 마음으로 여유를 늘리자.

여기에
같은 길을 걸어도
약해지지 않는 행복이 있다.

좋은 친구 사귀
여유餘裕를 즐기고

심미적審美的 안목을 길러
여가餘暇를 즐기는 삶

이 모두가
행복한 삶이 아닐까

산나리
공감이 가는 글입니다, 행복은 생각하기에 따라서, 아주 가까운데 있는것을.^ ^
혜전-김태공
여유당 정모 때 아름다운 목소리를 빌어 시낭송 했으면 좋겠네요.ㅎㅎㅎ^*^
소당
너무 멋진 시 입니다. 정모날 낭송 하시면 좋을것 같아요. 솔바람타고 오셔서.......
성산
虛心平氣하여 배풀고 살면 행복은 어느새 마음에 와 있지요? 감사합니다.
태산
여유당이 아니고는 느낄수없는 글의 향기를........ 소산님의 글에 마음 에 담아 갑니다.
19:29
센스
여유당에서 좋은 친구도 사귀고 멋진 시도 감상하고 넘 좋습니다~^^

낙엽 닮은 인생

연 초록 잎새 같이
쏟아지는 햇살과
살랑거리는 훈풍薰風에
티 없이 곱게 자라

험난險難한 세파世波
용케도 견디었지만
수많은 사연事緣
가슴에 쌓이면서
가슴앓이로 살았다.

패기覇氣 넘치는 젊음은
꿈같이 흘러갔고
잃어가는 기력氣力
뒹구는 낙엽을 닮는다.

새삼
푸르른 정情 그리워
되돌아보니
모진 풍상風霜 세월이
아련한 추억追憶으로
손짓을 하네

◑ **서연/강봉희**

요즈음 가슴앓이로 사시는군요 ㅎ 고은시 넘 좋아염 ㅎ 안녕하시죠?

◑ **仁塘/윤명숙**

모든 것이 꿈같이 흘러갔고 낙엽처럼 뒹구는 고운시향에 공감합니다 살아가는 동안에 끝까지 행복으로 가득하소서.^ㅎ^

◑ **소당**

살랑거리는 훈풍에 티 없이 곱게 자라....... 잃어가는 기력.... 뒹구는 낙엽 같아요. 허무한 마음이랍니다.

◑ **성산**

모진 風霜 세월이 아련한 追憶으로 모두 아름다웠다고 그립고 아쉬운 마음을 달래봅니다.

◑ **산나리**

우리네 인생도 낙엽과 같지만, 언젠가는 떠나야 하기에. 지금 이 순간의 삶도 소중한 시간이라 생각됩니다. 아무리 슬픈 추억도 지난것은 모두 그리워지네요. ^^

◑ **하얀구름**

시간을 잡아둘 수만 있다면.... 아쉬움은 절반... 아니~ 아기 손톱만큼 되겠지요.....^^*

향기

바람을 타고 흐르는
보이지 않는
다양한 향기
모두가 즐긴다.

은은한 솔바람 향기
그윽한 국화향기는
끝없는
상념을 불러 모으고

달콤한 임의 채취는
황홀한
사랑의 그림자 되어
반려자의 포로가 된다.

명치끝을 자극하는
음식물의 향기는
식도락을 즐기는
생명의 향기

그중
정서적으로
감성을 풍성하게 하고
사람의 정을
즐겁게 나누는

삶의 향기가
가장
짙더라.

◑ **청운**
향기는 곧 인격이지요. 언어의 향기, 감정의 향기, 상념의 향기. 아름다운 시어속에 향기를 느낍니다.
◑ **성산**
향기도 다양하지요? 그 중 제일은 사람의 마음을 감동시키는 동정, 공감, 참사랑 등 삶의 향기겠죠?
◑ **소당**
향기가 많다하지만 사람과의 정을 겹게 나누는 삶 향기 가 가장 짙으지요 삶의 향기 여유당
◑ **안개**
님의 마음이 실린 글, 짙은 향기가 깔려있습니다. 고맙습니다,
◑ **산나리**
님의 글에서 고운 향기 풍겨 나옵니다. 삶의 향기가.....

6.25사변事變과 질곡桎梏의 삶

6.25 동란動亂 이후
10여 년은
그야말로 질곡의 삶. 자체다.

의식주衣食住 자급자족을 위해
온 나라가
온 식구가
여기에 매달렸다.

옆도 돌아볼 여유 없이
눈만 뜨면 일事이다.
새벽부터 밤늦게 까지

그나마
젊은 사람은 징집徵集에 가고,

농사는
비료와 농약이 없으니
배설물排泄物이 유일한 비료
수확량이 미미할 수 밖에

어김없이 찾아오는 춘궁기
허기虛飢를 면하기 위해
나물 찾아 산과 들을 헤맸다.

영양실조營養失調에 시달리는 몸에
밤마다 기승을 부리며 달려드는
이. 벼룩. 빈대를 잡느라
호롱불 아래 전쟁(?)을

주야에 걸쳐 길쌈으로 만든
무명과 삼베옷은
어찌나 잘 떨어지는지
항상. 남루襤褸한 차림 이였다.

혹독酷毒한 추위는
가뜩이나 부실한 옷차림의
살갗을 파고들고

강물은 얼어
그 위로 사람은 물론
나무 짐까지 밀고 다닐 정도

난방과 취사炊事 연료燃料는
도시와 농촌 모두
대부분 임산연료林産燃料다.

따라서
산이 헐벗을 수밖에 없고
황폐한 산야는
가뭄과 홍수가 연중행사年中行事다.
비참한 생활 연속이다.

남의 나라일 같고
아득한 옛날일 같지만
믿기지 않는 과거사다.

지금 생각하면
용케도 극복한
꿈같은 세월이다.

㉠ 성산
"잘 살아보세. 우리도 한번 잘 살아보세."하며 국가비전을 제시한 지도자가 있었기에 오늘이 있지 않나 생각합니다.
㉠ 태산
모질게 살아온 세월의 역사를 잘 나열하셨네요. 이제 당당한 세계적인 나라가 되었으니 위대한 대한국민 이라고 자부해도 되겠지요...... 감상 잘 했습니다.

자연

자고이래(自古以來)로/사람들은/너를 끼고 둥지를 틀었다.//어디를 가나/대지의 젖줄이 되고/인간의 안식처(安息處)가 되었다.//폭우에는/사나운 급류(急流)로 화를 내면서도/금방 물고기의/재롱(才弄)을 받아주는/순한 양이 된다.//수많은 돌 틈으로/무슨 사연 그리 많아/도란도란/끝없이 속삭이면서 흘러가는지?//돌아올 수 없는 여정/미련도 있으련만//오늘도/말없이 조용히/창해(滄海)의 꿈을 꾼다.// -시냇물 전문

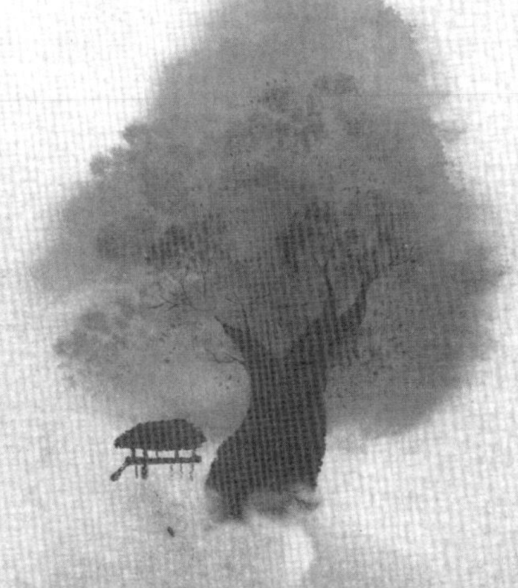

접사로 보는 작은 꽃

생명의 신비를 알고파
실눈의 동공瞳孔을 키워
작은 꽃의
오묘奧妙한
자연의 아름다움을 찾는다.

싱싱한 아침 햇살에
피어난 앙증맞은 꽃
호기심은 터질듯 부풀고

생명의 숨소리가 들리는
화려한 색조色調

인위적으로 범할 수 없는
자연의 신비경神秘境에
매료된다.

고운 꽃잎의 생기生氣
신기한 꽃술의 유혹
감흥의 물결이
세상 시름을 걷어내네

◌ **여울**

사진에도 깊은 관심을 갖으시고. 또 글로써 내면의 모습을 표현하심에 놀라지 않을수 없습니다. 좋은글 감사합니다.

◌ **미연**

소산님의 아름다운 시상이 부럽습니다

◌ **竹虎/김홍만**

꽃들의 아름다움에서 시어들이 찾아내어 예쁘게 단장하셨네요

◌ **소당/김태은**

오묘한 자연의 아름다운 시~~~ KIN 감하고 갑니다

민들레

바람이 머무는 곳에
생명의 싹 틔워
사랑의 연정
노랗게 담고

날마다
그리운 님의 모습
흘러가는 구름에
새겨보지만
되돌아보면
가슴 아리는 허공 뿐

밤마다
남모르게 쌓이는 고독
아침이슬 되어
스러질 줄 알았는데

가슴속
응어리진 고통 되어
하얀 눈물로 터진다.

끝내
참을 수 없는
애달픈 사연
백발로 흩날리고

초라한 몰골만
바람에 흐느적거리네.

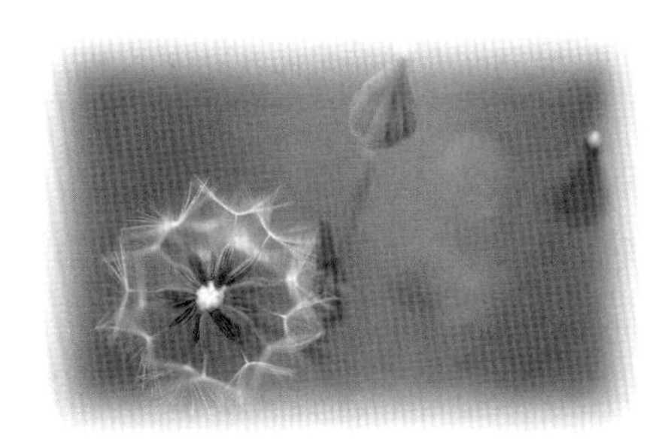

◔ **태산**
백발이 날라서 초라한 몰골로 남지만 흩어진 씨앗은 끈질긴 생명력으로 온 대지를 노랗게 수놓더이다 요즈음은 기관지등 온갖병에 특효약이라 대량 제배도 하던데요...고운시 감상 잘 했습니다.

◔ **아쿠아**
민들레의 일생이 마치 애닳픈 여인의 일생같습니다.. 바람에 홀씨 되어 날아서 새 생명을 싹 튀우는 것이니. 신의섭리에 순응하는 것이겠지요.

◔ **님프와요정**
하얀 눈물 로 터진다 .라는 귀절이 그림또는 영화의 한장면 처럼 연상 됩니다.좋은 시 감상 을 할 수 있어 좋습니다. 10.03.31 13:43

◔ **여름이**
바람에 홀로서서 씨를 키우고 씨를 날리는 민들레 홀씨 애닯은 사연. 과 함께 마음에 담고 갑니다.

◔ **여울**
바람에 홀씨를 날려 사랑을 퍼뜨리는 민들레, 노란 꽃이 사랑을 소진하고 껍질만 남은 모습 . 안타깝습니다

산나리꽃

이슬이 찾아드는
산자락 바위틈에
외로이 피어있는
산나리 꽃

밤마다
숨죽인 인고忍苦의 단장丹粧
찾는 이 없어도
아침 햇살에 붉게 빛나는
앙증맞고 요염妖艶한 자태

스치는 바람에
하늘거리는 가냘픈 고독
지울 수 없어
까닭 없이
애틋한 연민憐憫의 정이 인다.

쓸쓸히 시간은 흘러가는데
어느 세월에
청순淸純한 꽃말의 한恨을
풀어 볼까.

☺ **시인 김현만.**
아름다운 꽃을 시인의 마음로 피우셨습니다. 찾아주는이 없어도 저홀로 아름다운 꽃 산나리..... 꽃말에 恨 을 함께 풀어 봅니다.
☺ **태산**
길 가다가 무심코 볼수있는 한송이 꽃인데 이렇게 이름이 있고 그 속에 아름다운 시어가 나오니 과연 문학인은 틀립니다... 고운 시 사진 감상 잘 했습니다.
☺ **아쿠아**
한송이의 산나리라 더욱 눈길이 갑니다. 자르르 윤기띤 모습이 농익은 여인 같아 보입니다. 좋은시 잘 보았습니다.
☺ **소당**
잇기방 방장 산나리님~~ 산나리 자태가 아름답고 깨끗합니다. 고운 시입니다 소산 방장님!
☺ **산나리**
제목이 저의 닉하고~~~ ^^ 즐감했습니다. 소산님. 감사합니다.^^

복수초福壽草

잔설殘雪속의
노란 복수초福壽草

해마다
순백純白의 눈 헤집고
인고忍苦에 젖은 냉기를
생명의 신비로 피어내니

봄의 향기가
조용히 밀려오네

겨울의 차가움을 부수는
파란 하늘의
봄바람도
부드러운 봄빛도

태생胎生의 의미를 되새기는
호젓한 복수초에
포근히 쌓인다.

松岩 김은재
정말 봄의 향기가 조용히 밀려오네요. 건필 하세요....
김인선
태생의 의미.. 복수초.. 봄의 전령입니다.. .아름다운 삶의 탄생.. 고운 시향 감사합니다.
竹虎/김홍만
봄향기가 밀려오네요 고운글에 머물다 갑니다
여름이
복수초가 겨울의 차거운 얼음덩이를 부수고 봄을 밀고 나오는 모습. 고운시에 머물다갑니다.
오향
고은시 음미하고 갑니다. 복수초가 생명의 신비로봄이 다가왔음을 알려주네요. 감사합니다.

나팔꽃

자립의 의지를
버팀목에 감고 또 감아
높이 오르는 푸른 그리움

아침이슬로 씻은 고운자태
다양(색)한 나팔의
소리 없는 함성
터져나가도

기쁜 소식은 간곳없고
허무한 사랑
메아리 없는 허공이
너무 넓어라

산자락에 잠든
가을바람 일면
한해는 쓸쓸히 가고

가냘픈 허리위로 흐르는
이루지 못한 소망
까만 결실에 묻으며
기다린다.
또 한해를

◔ 賢智 이경옥
까만 씨앗속에 열정이 숨어다음해에 피어나면서 붕붕 불어 댈것 같아요...다시 기다리는 시간에......
◔ 정채균
내 마음 속에 피어나는 나팔꽃시인님 덕분에 다시금 발견하여 봅니다.
◔ 산나리
나팔꽃의 꽃말은 그리움 이라는데, 어쩐지 나팔꽃의 여린 모습이.... 고운시 감상하고 다녀 갑니다. ^^
◔ 나무
아~~~고운 시 감상 잘 하고 갑니다..
◔ 여울
나팔꽃은 내 소시적이나 지금이나 변함없건만 내 모습은.... 개나리 진달래 나팔꽃 채송화를 보면 언제나 소시적 추억을 더듬게 되더군요.감사합니다.

저녁노을

석양은
저무는 하루가 안타까워
서쪽 하늘에
수채화를 그린다.

흘러가는 구름이
살짝 농담과 음영을 더하여
황홀한 노을에 취하게 하고

강물위로 비치는 노을
긴 그림자 남기면서
더욱 아름답다.

그 아름다움 속 한편에
회한의 여운이
노을에 떠가는 눈물이 되어
산마루를 넘는다.

이제 그만
세상사 고뇌를
저녁노을에 함께 실어
어둠 속에 묻고

침묵의 휴식을 지나
찬란한 태양
아침을 기다리자.

☽ **태산**
아름다운 석양을 너무 잘 표현을 해주셔서 감탄 합니다..... 무궁무진한 시상이 존경 시럽심더.
☽ **문경자(21회)**
세상사 고뇌를 /저녁노을에 함께 실어/ 어둠속에 묻고 표현이 너무 마음에 와 닿습니다. 선배님 더운 날씨에 이렇게 아름다운 시를 감상하게 되어 너무 기쁩니다. 항상 행복하세요.~~~~
☽ **29회백재용**
찬란한 빛바랫 저녁 노을은 어김없이 기울듯 내일에 희망이듯 아름다운 저녁노을에 가을밤 뀌두라미 울어대는 고향에 향수처럼너무도 잔잔하게 들려오는 음율처럼 선배님의 노을짖은 한밤에 쉬었다 갑니다 ~~좋은시에에 갈채를 보냅니다~~
☽ **한기창(28회)**
예.. 너무 아름다운 글입니다. 세상사 고뇌를 저녁노을에 함께 실어 어둠속에 묻고 휴식과 함께 찬란한 아침을 기다린다. 선배님 아무 걱 없는 세상 살아요. 감사합니다.
☽ **해솔**
소산님 저는 시를 잘은 모릅니다. 그아름다운 시상은 어떻게 떠 오르시는지요. 존경스러우시고 부럽습니다.

달맞이꽃

瘠薄한 땅도 가리지 않는
강인한 생명력

모두가 잠드는 야심한 밤에
풀벌레 울음소리 거느리고

은은한 향기 풍기면서
달빛을 맞는
샛노란 달맞이 꽃.

어이하여 진노랑 자태를
밤에만 드러내나

아무도 찾아주지 않지만
그 자태 눈부시구나

밤새도록 별빛 속삭임이
탄로 날까 바
이른 아침에 입 다물었나

마음속 고독은 언제 풀고
蜂蝶은 언제 마지 하려나

거꾸로 가는 깊은 사연
풀길 없어

아침 이슬이 눈물 되어 흐른다.

➲ **전희야(31호)**
밤에만 유독 이~~ 아름다움을 뽐 내는 노란 달맞이꽃~~ 길 모서리 부분에 쭈욱 즐비하게 늘어선 꽃인가요
➲ **이은협**
샛노란 달맞이 꽃 처럼 임을 기다리는 그리움으로 사는 삶이 아름답지요. 고운시 감사합니다.
➲ **소당**
소산님의 시심은 .... 끊임없이.... 술술술..... 부럽습니다.
➲ **태산**
요즘 도심 인근에는 달맞이 꽃 보기가 힘들던데요..... 달맞이 꽃에 피운 소산님의 시상 감명깊게 보고 갑니다.
➲ **성산**
샛노란 달맞이 꽃의 밤과 아침의 비밀을 평소 마음에 두어 발견하신 시 잘 감상했습니다.

해맞이

쩌렁쩌렁
새벽 찬 공기 부수고
몰려드는
해맞이 인파

동녘하늘 붉게 물들이는
태고의 신비를 찾는다.

어둠을 걷어내며
온 누리에 쏟아지는
눈부신 햇살에
설레임의 애드벌룬 띄우고

새로운 새다짐
두손에 모은다.

경건敬虔한 마음으로
건강을 빌고, 소원을 빈다.

사람마다 가슴마다
신묘辛卯년의 행복과 희망이
밝게 쌓이리라
가득히

설화

행복과 희망의 애드벌룬 띄우며 한해의 소망을 빌어보며 해맞이하는 소산님의 모습을 그려봅니다.하고자 하시는 일 모두이루시고 건강하시고 소원하는 모든일 이루소서

초원

남 다가는 해맞이 한번 가보지를못했으나 새해첫날 첫해가 떠오르는 태양을보며 무어라빌었까.... 건강과 안위....

일범

해맞이.... 붉게 물들이는 모습을 상상해 보니 소산 시인님의 시어가 더 돋 보이네요 지난해 고운시 감사합니다. 새해 첫날 고운시 잘 보고 갑니다.

센스

해마다 해돋이 보며 소원 빌러 가는 사람들~ 올해도 그 소원 다 이뤄지는 해 되길 기원해봅니다~^^

청담 추연택

생전 처음 해맞이를 했지만 처음 떠오르는 태양을 보며 모두의 건강과 행운을 빌었지요, 우리나라의 평화, 나아가 전세계의 평화를 빌어 봅니다.

들국화

심심深深 산천山川에
외로이 피어 있는
소담스러운 들국화

밤마다
찾아주는
별빛을 벗 삼아
고독을 달래고

산야의 정적靜寂과
계절의 풍요를
향유享有하면서 핀

우아優雅하고 청초淸楚한 모습의
싱그러운 자태姿態

코끝을 어지럽히는
짙은 향기는

무정無情한 바람과
새벽 찬 이슬이
시샘을 하는 구나

아무도 찾는 이 없는
삶의 언덕에

속절없이
가을은 깊어 가는데

하얀 꽃잎에 어린
화사華奢하고 소박素朴한 꿈을
어느 세월에
펼칠 수 있을까.

서연/강봉희
너무 아름다워요.. 전 들국화 들장미 넘 좋아해염.. 선생님의 시를 좋아하듯이~~??
더듬어주신 선생님. 건필 하세요.
히스토리
낮으막한 산기슭에 핀 들국화, 가을의 전령사인듯 시 속에 재현된 그 우아하고 청초한 모습이 넘 인상적입니다.
시인 김현만.
9월 지장산 가는길에 산국이 하야게 피었드레씁니다. 얼마나 향기롭던지요 새삼 선생님 글속에서 그향기를 다시 맞고보니 감회가 그지없습니다. 추억을 더듬어주신 선생님. 건필 하세요......
모니카/박종욱
아무도 찾지않는 삶의 언덕에 홀로피는 들국화.. 그러나 세월가면 소박한 꿈 펼쳐지길 소원하며 기다려 지는 들국화 마음이 곧 내 마음이리요~ 소산님, 글이 좀 그래서 댓글 지워 죄송했습니다~
성산
들국화처럼 하얀 꽃잎에 어린 華奢하고 素朴한 꿈을 품고 펼쳐나가고 싶네요. 멋진 시 감사합니다.
산나리
요즈음 산에 가니 연보라 색의 들국화가 호젓하게 피었지요. 여자도 들국화 처럼....

해석 탐석海石 探石

비릿한 갯내음 풍기는
바닷가

철석철석 쏴-아 자그르르
생기 넘치는 자연의 숨소리

수많은 세월을 두고
파도에 닳은 몽돌
한결같이 앙증스럽다.

일생 일석一生一石 염원
뻔쩍이는 시선
형상形狀이냐. 문양文樣이냐.

햇빛에 비쳐보고
바닷물에 담겨보고

요리조리
상상의 좌대座臺에 올려보는 희열

삶의 즐거움
자연의 오묘한 신비를 찾는다.

◔ 다알리아♡
아름다운 영상과 시어가 참 예쁩니다. 자연의 신비를 새삼 느낍니다.
◔ 이재양
잘봤습니다. 고맙습니다.
◔ 달빛미소
파도에 밀려왔다 밀려가는 몽돌 소리가 들리는듯합니다.
◔ 여울
물과 돌로 이루어진 자연의 경치
해풍에 씻기고 미풍에 다듬어진 수석.
임에 글에서 애호가들의 사랑을 듬뿍받는 수석을 그려보았습니다.

물안개

새벽 찬 공기
바람소리로 머무는
쓸쓸한 강가

대기를 뚫는
빛 그림자

물안개 꽃
곱게곱게
상념의 향기로 피어오르네.

차가운 가로등 불빛
수면위에 길게 흔들리면

강물에 어리는
말없는 옛 추억
물안개 꽃으로 핀다.

여명黎明의 빛이
물들이는 강

빛 머금은 안개꽃
실바람 타고 활활
아침을 밝히고 있네.

◌ 竹虎/김홍만

새벽 물안개가 피어나는 강가에 서면 무한한 상상을 하게 되지요 늘 문운 가득하세요.

◌ 시인 김현만.

새벽을 깨우는 안개사이로 히미한 가로등불빛 시계추처럼 흔들이면 여울이 그리움을 놓고 갑니다. 아침이 오는 서정 詩 에 머물다 가옵니다. 건필 하소서.

◌ 설화

물안개 피는 강가에서 희미한 옛추억을 그려보는 고운시 속에 머물다갑니다.

◌ 나무

말없는 옛추억.. 물안개 꽃으로 핀다... 언제나 고운 시.. 감사드립니다...

뭉게구름

솜털처럼 부드럽고
변화무쌍變化無雙한
네 자태에 항상 감탄感歎한다.

젊은 날
잔디밭에 누워
무한한
상상想像의 나래를 펼쳤고

눈부신 형상에 매료魅了되어
시간 가는 줄 모르고
흠뻑 빠져드는
즐거움을 누렸다.

광대廣大한 지역에
서서히 흐르면서
수많은 사람에게

비록 허황虛荒 되지만
어디에도 그릴 수 없는

순간의 행복
희망의 노래와 그림을
그려본다.

그리고 언제나 아쉬움을
띄워 보냈다.

초연
솜털처럼 부드러운 뭉게 구름.... 고운 시상에 한참 쉬었다 갑니다.
센스
파란 하늘에 솜털같이 부드러운 뭉게구름은 넘 멋지지요~그안에 살포시 안기면 아주 포근할것 같아요~^^ㅎㅎ
소당
솜털처럼 부드러운 뭉게구름 ... 잔디밭에 누워서 흘러가는 구름보면서...... 장래의 꿈을 펼처보던 아~~~옛날이여......
성산
자유롭고 변화무상한 뭉게구름 어린시절의 꿈처럼 피어오르는 듯 합니다.
태산
맑고 투명한 어린시절의 감성으로 돌아가는듯 고운시에 머물다 가옵니다..... 건강 하세요 소산님.
해솔
여름날에 뭉게구름은 우리 어릴적의 정서를 키워준 고마운 구름인것 같습니다.. 꿈도 키워주고요..비행기에서 내려다보는 뭉게구름을보면 솜이불같은 충동에 뛰여내리고 싶지요..

호박꽃

못난이 꽃. 대명사
호박꽃

큰 얼굴
노랗게 단장하고
따가운 햇살 아래
환한 미소가 눈부시다.

외면 받는 한恨은
삭을 줄 모르는데

꿀 향기에 취한
단골
투박한 호박벌만
꽃가루 둘러쓰고
어지럽게 넘나든다.

기나긴 외로움
담장위에 올려놓고

모두가 떠난 텅 빈 공간
홀로
소박한 결실의 꿈을 꾸네

麗正 김정숙

꿀향기에 취한 벌 들에게는 더없이 사랑스러운 모습이 호박꽃이 아닐런지요..^^*

미연

노오란 호박꽃 .... 티하나없는 깨끗한 꽃 도 탐스럽고 시어도 곱습니다.

설화

모두들 못난이 호박꽃 이라하지만 꽃 진 후 맺은 열매는 우리 입를 즐겁게 해 주는 아주 귀한 음식이지요

소당

늙으면 호박 ❀? 하지만 가장 좋은 ❀ 입니다. 활짝핀 노란 호박 ❀ 밝고 깨끗하며 소박한 시어 입니다.

竹虎/김홍만

호박꽃을 외면하던 사람들이 진가를 알아주지요 마음이 예뻐야 한다는 것을

나무

모두들 못난이라지만... 호박꽃나름대로 매력이 있지요... 노란 호박꽃 이쁘네요...

별 빛

어둠이 내리면
하나. 둘
어느새
밤하늘을 가득 수놓는다.

결코 화려하지 않은
은은한 그 빛은
수많은 사람의 시름을 달래었고

청명淸明한 날이면
더 많은 동료同僚를 대동
숨 막히게 쏟아져
탄성歎聲을 자아냈다.

어둠이 짙을수록
사물事物과 달리
보석처럼
영롱玲瓏한 빛을 내기에

기나긴 세월을 두고
더욱 너를 반긴다.

☺ **초연**
별빛도 아름답지만 선생님의 시는 더욱 아름다워요.
☺ **산나리**
독백같은 소산님의 시 언제나 마음에 와 닿습니다. 고맙습니다.
☺ **성산**
밤 하늘의 별을 보며 무한한 시간과 공간이 있다는 우주관을 갖고 별을 노래하며 살아가는 낭만을 공감하고 싶습니다.

화창한 날씨

모두가 반기는 날씨다.
비바람 모라 친 후는
더욱 아름답고,

양지쪽 햇빛은
더더욱 눈부시다.

어쩌면 날씨가
인간사人間事와 흡사恰似할까

궂은 날씨
험악한 날씨
용케도 참는 것은

구름 흩어진 공간
빛나는
파란 하늘이 있기 때문이다.

몽실몽실
피어 오르는 아지랑이가

생기 있는
꽃망울을 터트리고

지저귀는 새 소리가
귀 전에 청아하게 들리는

화창和暢한 날씨 !

그것은 희망이고
우리들의
작은 행복이다.

성산
하늘이 주는 공평한 행복 화창한 날씨와 상쾌한 기분 아닐까요? 감사합니다.
초연
화창한 날씨.... 아름다운 시향에 잠시 쉬었다 갑니다.
태산
소산님이 사시는 합천의 푸르름이 가득한 산야를 생각하게 하는 시향입니다 참으로 마음이 평안해지는 평화로운 시 감상 잘 했습니다.

태풍이 지나가는 밤

우르릉. 꽝. 뻔쩍
밤새 울리는
태풍(곤파스)의 위력

유리창에 부딪치는
세찬 비바람
공포의 소리
수로에 쏟아지고

무더위 속에 쌓은
수확의 꿈
해일을 염려하는 마음이랑
강가의 주민

모두가
한마음으로 모은 두 손에
밤하늘 어둠의 원망
조바심으로 탄다.

시종
태풍 소식을 전하는
티브이 방송
눈. 귀를 모으며
날밤을 샌다.

안개 남우현
서해안 쪽의 저희들도 잠을 설치고 창밖의 무서운 번개 불빛에 옆 사람의 손을 꼭 잡고서....,
의제
태풍의 위력에 인간의 능력의 한계를 실감합니다.
竹虎/김홍만
이번 태풍에 피해가 많더군요 피해 없으신지요?
아쿠아
태풍으로 다 익은 곡식과 열매들이 망가지는 일이 없었으면 합니다. 올해는 다행히 남부지방을 피해서 지나가나 봅니다.
태산
뻔뜩이는 시상으로 콘파스 를 빨리도 표현 하셨구려, 다행이 영남 지역은 피해가 없어서 다행입니다... 글 고맙습니다.

열대야

후덥지근한 열기를 씻어내려
사워를 해도
끈끈함이 묻어나니

뒤척이는 몸부림에
살갗이 알알한
냉기가 그립다.

어둠속에 흐르는
코고는 소리조차
부러운
리듬으로 다가오면

또르르 구르는
풀벌레소리
가슴을 헤치는 가을바람
창밖에서 기웃거리는
꿈을 꾼다.

자연에 순응하는 고통은
오늘도
칙칙한 더위를 걷어내면서
열대야를 이겨낸다.

☉ **소당**

마지막 몸부림치는 무더운 날씨인것 같아요~~. 8일이면 말복이고 7일이면 입추이니.....

☉ **산나리**

요즈음 밤에는 귀뚜라미 소리 들려 오니, 가을이 문턱에 들어설 거에요. 조금만 참으시면..... ㅎㅎㅎ

☉ **시인 김현만.**

한여름 개울에서 달빛을 베고 멱감던 그시절이 그립습니다..에어컨 없어도 잘도 넘겨던 한여름 왜 지금은 그때가 추억으로 그리울 까요.....

☉ **竹虎/김홍만**

잘 이겨내시길 바랍니다 어제 한 숨 못잤네요 이럴 때 건강에 유의하시고 늘 고운글 주세요

☉ **태산**

더위에 위안이 되는 좋은 글 감상 잘 했습니다.

봉선화

장독대 물들이며
소담스럽게 핀 봉선화
싱싱한 잎새 사이로
새 빨강 꽃잎의 유혹

까르르
웃는 동심童心
정겹게 둘러 앉아
실 끝에 붉은 정성
추억의 꽃 피우네

오뉴월 무더위도
기나긴 비바람에도
사랑의 씨앗
노랗게 부풀리어

스치는 바람에
터지는
소리 없는 몸짓

새 생명의 숨결
세월의 품안으로
알알이 쏟아낸다.

◌ 多情 오순옥

고운글 함께 합니다.좋은하루 되십시요^^*

◌ 산나리

어릴때 손톱에 봉선화 곱게 물들이던 생각에..... 즐감하고 다녀갑니다.^^

◌ 여울

울밑에선 봉선화야... 일제치하 설움을 봉선화 꽃을보며 달래야했던 선인들... 봉선화 꽃을 보면 새삼 다시 떠오르더군요. 감사합니다.

◌ 시인 김현만.

붉은 순정 꽃잎에 물들리고 고운 시어에 머물다 갑니다. 산정 호수에서 님을 뵙시도 기둘였담니다.

◌ 竹虎/김홍만

여인네들에게 아름다움을 선사하고 나머지 씨앗을 품어 다음을 기약하지요. 터뜨리는 기분도 상당히 좋았던것 같습니다. 고운글 감사합니다.

석류

가을 햇살이 쏟아지는
울타리 넘어
살며시 얼굴 내민 석류

수줍은 아가씨 같이
붉 그래 홍조紅潮 띠우고

파아란 가을 하늘에
풍요豊饒의 꿈이
알알이 박혀 영글어 간다.

수정水晶처럼 아름다운
보석을 만든다.

수시로 찾아와
맴도는
빨간 고추잠자리 희롱戱弄에
부끄러움 견디지 못해

끝내
루비 보다 고운
붉은 속살을 터뜨린다.

뭇 사람의
눈길.
손길을 유혹誘惑하면서

달콤한 맛!
깊어가는 가을 따라 익어간다.

◑ **문광 윤병권**
고운 시향에 머물다 갑니다. 언제나 건운을 기원합니다. ^^*
◑ **솔향 최명운**
시인만이 느낄 수 있는 아름다운 강성입니다 시인님의 시향에 동참하며~ 건필하십시요.
◑ **김완구**
이 빛부신 가을 햇살아래서 붉디붉은 속살 터뜨리는 석류알 ,그라고 고추잠자리처럼 자유로운 여혼의 비상. 멋진 시원에 머물다 갑 니다.

낙엽

초록의 명命이 다하는 날
층층이 쌓은 삶의 무게
인연의 끈을 놓으며
쓸쓸히 흩날리는 운명
탓할 수 없는 아픔만 남는다.

뒤안길로 밀린 추억
지울 수 없는 미련
세월가면 잊어질까 ?

꽃피던 시절
푸르러든 꿈

욕망의 불을 끈지 오래인데
바스락 그리는 슬픔
낭만을 지우고 있네

차가운 바람이
휩쓸고 간 자리
황량한 텅 빈 공간에
나목裸木 긴 그림자만 흔들린다.

◔ 미연
고운 시어에 한참 머물다 갑니다
◔ 시인 김현만.
인생의 기로에서 우리는어쩌면 힌잎 낙엽이 되어가는줄 모으옵니다. 세상 살다 허망한일 황당한일이 어디 하나둘이었을 까요. 아무런 근심도 없이 다비우고 사는 이가을이 어쩜 우리들 보다 행복했으리라는생각을 선생님 시한편에서 배우고 갑니다건필 하소서......
◔ 29회백재용
계절따라 푸르다못해 계곡사이마다 골골이 모아진 낙엽송 사이로 흩날리는 시월의 바람소리처럼 다가오는 선배님의 시어에 머물다 갑니다. 선배님 늘 건강하십시요~~
◔ 석옥숙(23회)
욕망의 불이 사그라져가는 소인... 나름대로 감상해 봅니다.

솔바람

산허리를 감도는
솔바람이 분다.
자연이 숨쉰다.

쏴한 바람소리
푸른 절개節槪의 향기를 품어낸다.

상쾌한 솔바람 속에
탁 터지는 가슴의 응어리

사계절 변함없이
잉태한 온갖 사연
그리운 이야기 꽃을
바람으로 쏟아낸다.

무더운 여름날은
단잠의 그늘이
솔바람 속에 찾아 들고

가을이면
샛노란
바늘 단풍을 흘리며
추억에 동참한다.

싱그러운 그 자태에
아낌없는 사랑
바람으로 느낀다.

ⓒ **여름이**
솔바람의 아름다움에 잠시나마 마음의 찌꺼기를 거르고 갑니다. 좋은시 감사합니다.
ⓒ **산나리**
솔바람 소리 가득한 어느 숲속에 앉아 있는 기분입니다. 머물다 갑니다, ^^
ⓒ **여울**
숲 사이사이로 빼꼼히 낯을 드러낸 파란 하늘, 그 사이로 스쳐 지나가는 시원한 솔바람, 함께하는 이들의 행복한 웃음소리 등은 참으로 귀하고 소중한 것들이죠. 자연이 주는 진한 보약 한 사발을 쭉 들이마신 기분이랄까요. 감사합니다.
ⓒ **영영**
솔바람 숲에 있는듯하네요.

달빛

휘영청 밝은 달빛은
어쩐지
가슴 아린 차가움 때문에

오히려
구름에 살짝 가린
달빛을 좋아했다.

폭풍우 지나간 밤하늘은
달빛이 유난히 밝아
눈이 시려도
수많은 사람이
그런 달빛을 반겼지

지난날
달빛아래
속삭였던 추억의 사연들

지금도
창가에 걸린 달月따라
가슴 설레게 하네.

달은
언제나 변함없이 그 자리에 있고
세레나데는 들려오는데

그 옛날
속삭임의 주인공이
떠난 자리에
달빛만 고인다.

◉ **느티나무**
시골의 달빛은 유난히 도 더 맑고 아름답지요. 지나간 추억이 떠오르는 멋진 시 네요.
◉ **센스**
달은 언제나 그자리에 변함없이 있는데 우리네 사람만 마음이 변하네요
◉ **태산**
삭막한 도심에서의 생활은 별과 달의 낭만을 잃어버린지 오랜데 이렇게 고운 시를 접하면서 잠시 아련한 추억을 상기합니다 고맙습니다.

추석 만월秋夕 滿月

서운瑞運이 산 능선을 타고 감돌 때
청명한 하늘로
휘영청 떠오르는 만월

온 누리를 밝히며
오늘따라 크게 다가온다.

소원所願을 비는 사람들 음성
푸른 달빛아래 청아淸雅하다.

만인萬人의 가슴마다
웃음꽃 피우는
중추절仲秋節 만월滿月

오랜만에 만난
그리웠던
소중한 가족 친지들
달빛 아래 모두 모여

뜰 앞에 숯불구이 하며
이야기 꽃이
만발滿發하는 시간

사람 사는 보람을
만끽滿喫한다.

황금 들녘
풍년의 즐거움이
달 그림자 따라
밀물처럼 밀려오니
마음에 한없는 풍요로움이

행복을 실고 오는
추석秋夕 만월滿月에 기쁨을 더한다.

竹虎/김홍만
한가위 풍요롭게 보내셨네요 고운글 감사합니다.
모니카/박종욱
평창에서 바라보는 만월!! 두 손모아 소원을 빌며 내 가족의 안위를 소원드렸던 만월이었습니다~ 소산님, 추석명 잘 보내셨지요~
소당
해솔님 자작사진방 에 올린 달 사진 펌해서 전체 메일로 보냈습니다. 추석만월시가 좋아서......
성산
황금 들녘 풍년의 즐거움이 달그림자 따라 밀물처럼 밀려오니.... 어린시절 추억을 상기하게 됩니다.

찔레꽃

허기진 고통으로 다가오던
오월의 상징 꽃

지천으로 피던
그 세월이
이제는 아련한 추억 이였다.

날아드는 봉접은
이를 아는지 ?

우리삶에
새로운 채찍이 되는구나.

장근배.
하얀 찔레꽃. 갑자기 따뜻해집니다.
달빛미소
오월의 상징 찔레꽃에 잘 머물러갑니다.
담향/김종임
고운글에 쉬어 갑니다. 건강하시고 행복한 저녁시간 되세요.
태산
좋은 시 감상 잘 했습니다.
신우
짧은 시.... 많은 뜻 .... 감상 잘 하고 갑니다. 감사합니다.

시냇물

자고이래自古以來로
사람들은
너를 끼고 둥지를 틀었다.

어디를 가나
대지의 젖줄이 되고
인간의 안식처安息處가 되었다.

폭우에는
사나운 급류急流로 화를 내면서도
금방 물고기의
재롱才弄을 받아주는
순한 양이 된다.

수많은 돌 틈으로
무슨 사연 그리 많아
도란도란
끝없이 속삭이면서 흘러가는지

돌아올 수 없는 여정
미련도 있으련만

오늘도
말없이 조용히
창해滄海의 꿈을 꾼다.

센스
시냇물은 졸졸졸졸 고기들은 왔다갔다 ~ 이 노래가 생각나네요~^^ㅎㅎ

성산
흐르는 시냇물의 속성을 멋있게 묘사하셨습니다. 감사합니다.

29회백재용
시냇물 흘러가는 그모습 한편의 드라믹한 사연인양 소리없이 흐르는 시냇물 따라 종이배 뛰우는 마음으로 잘읽고 갑니다~

한기창
몇천년을 흘러도 변함없는 시냇물~ 먼 여정에도 뒤돌아 보지 않고~ 너무 아름다운 글입니다.

야생화

아무도
찾아주지도 눈길도 주지 않는데
앙증맞게 홀로 피었다.

새벽이슬 머금어
아침 햇살에
보석처럼 빤짝이고

화려하지는 않지만
소박素朴하고 청초淸楚한 모습으로
단장을 한다.

미풍에 손 흔들어
벌. 나비 불러 모아
외로움을 달랜다.

혹시나 반겨줄 님 있을까
무심히 지나치지는 않을까
기대와 걱정 속에
세월은 흘러가고

풀 냄새 사연을
하소연 할 곳 없어

한 가닥 희망
기다림 속에 찾습니다.

태산
어디서 이런 섬세한 시상이 나오는지요.... 보기에는 술도 말술이고 더프한 사무라이 스타일이시던데... 존경시럽습니더 소산님!
소당
너무나 아름다운 시" 입니다. 야생화를 그려보는 귀한 시간......
성산
새벽이슬 아침햇살로 단장하고 미풍에 벌 나비 불러 모으는 야생화의 모습이 청초하면서 외로운 우리 삶이 아닌지....
해솔
참 아름다운 시입니다.. 마음에 와 닿는것이 ......
곤쇠넝감
아름다운 시 잘 읽고 갑니다. 고맙습니다.
센스
풀 냄새 사연을 하소연 할곳 없어 한가닥 희망 기다림속에 찾습니다~ 이 말이 와닿습니다~^^

연꽃

하늬바람도 멈춰서는
고고孤高함

염천炎天에 풀어내는
여망의 숨결

가냘프게
흔들리는 꽃에
녹아내리는 무아경無我境
아름다운 경탄驚歎이였다

부푼 꽃잎에
진노랑 연밥에
정령精靈의 신비가
불꽃처럼 피어나고

신선한 바람이 이는
세인의 가슴에
조용히
가부좌跏趺坐의 음영이
스며든다.

◌ **산나리**

어제 청계산 오르다 절 있는곳에 연꽃을 봤습니다. 연한 핑크 색의 고운자태는 다른 꽃과는 비교 안되게 고고함이~~~ 그향기도 은은함이 함참을 머물렀습니다. ^^

◌ **竹虎/김홍만**

연꽃위에 나비처럼 앉아 시를 쓰고 싶네요. 고운글 감사합니다.

◌ **이은협**

선생님 안녕하세요? 졸종 인사 못드려 죄송합니다.연꽃 감명깊게 읽었습니다.

◌ **아쿠아**

연꽃에는 불교적인 이미지로 각인되어 순수하게 아름다운 꽃으로만 느껴지지 않습니다. 씨앗을 품고있는 모습이 아기를 임신한 새댁을 연상케합니다, 곱네요.

◌ **문경자(21회)**

진흙속에 피어나는 진주 라고 할까요. 고운 자태는 어디에 비길수 없는 것을... 선배님 열심히 하시는 모습 너무 좋습니다. 더운 날씨에 잘 지내시기를 바랍니다.

조각달

파란 하늘에
외로이 떠가는
이지러진 조각달

빤짝이는 성운星雲 해치고
서西로 서쪽으로

어스름한
빛을 남기며
쉬 임 없이

만월滿月의 꿈을 속삭였던
솜털 구름은 어디 가고

가냘픈 조각달에
까닭 모를
설움만 걸려 있네

새벽 찬 공기에
기우는 조각달

쓸쓸히
여명黎明 속으로
빛을 잃어간다.

그래도

홀로

내일을 향한

만월滿月의 행복을 꿈꾸며

서연/강봉희
내일이 있기에 지금 힘들어도 살만하지요.. 멋진시 잘 감상하고 가여~~

산나리
조각달을 바라 보시며 이리도 아름다운 시를 .... 누구든 만월을 꿈꾸며 살지요. ^^

소당김태은
아름다운 시'입니다. 시심이 부러워요.

코스모스

언제나 가냘픈 모습
바람의 계절에 피는 꽃
가을의 정취情趣에 빠진다.

파아란 높은 하늘 때문인가
긴 목 빼어

미풍에 하늘하늘
오색군무五色群舞 속으로
소리 없이 가을은 깊어간다.

어깨를 나란히 하니
더욱 정겨운
코스모스

산책길에 동반자同伴者 되어
수많은 속삭임을
엮어가는
사랑스런 추억의 꽃

그리고
홀로 길을 나서면
변함없이 온몸 흔들어
가을의 풍요를 노래한다.

연분홍 꽃잎이
찬 이슬에 젖을 때까지

◔ **仁塘/윤명숙**
고운글에 함께합니다. 늘 건필하소서.^ㅎ^
◔ **김현만**
연분홍 꽃잎 찬 이슬에 젖을때까지, 고은 시상에 머물다 갑니다. 건필 하세요.
◔ **서연/강봉희**
코스모스가 마음을 어지럽히는 계절... 님의 시도 저의 마음을.. ㅎㅎㅎ 넘 멋진데영~~
◔ **시인 김현만.**
선생님 합천 코스모스색도 연분홍인가요. 내가 부르면 우루루 달려올것 같아서요 하늘 하늘.... 고운시 즐감하고 갑니다.건필 하세요.
◔ **산나리**
이맘때가 되면 누구든 코스모스 길을 걷고 싶어집니다. 소산님 詩에선 더욱~~~~~ ^^
◔ **성산**
꽃잎 찬이슬에 맺힐때까지 한정도니 기간 온몸 흔들어 산책길 동반하는 코스모스! 금처럼 멋지게 묘사하셨습니다.

파도소리

차가운 바닷물이
해수욕 객을 밀어낸 바다
아직도 늦더위는 남았는데

갈매기조차 간곳없고
파도소리만 외롭다.

둘이서 거닐던 백사장
거닐어 보지만
당신의 다정한 음성
파도소리에 잠든다.

자국마다 쌓았던 사연들
모래 위의 사연이라
끝임 없는 파도에
추억으로만 남았다.

아득한 수평선의
그리움도
검푸른 파도소리로 다가오니

난
끝내 미련을 버리지 못하는
바보가 되어
파도소리만 듣습니다.

◑ **김완구**
파도소리만 들으면 저도 마음 설레입니다.운문하세요.
◑ **이은협**
끝내 버리지못하는 미련, 파도소리로만 듣는 애잔한시 고맙습니다.
◑ **문광 윤병권**
파도소리를 타고 들려오는 아름다운 임의 노래가 들리는듯 합니다. 좋은글에 머물다 갑니다. 문재학 선생님 ^^*
◑ **仁塘/윤명숙**
파도에 묻혀가는 그리운 사랑의 노래 가슴에서도 파도가 치는 듯함에 함께합니다. 늘 고운 사랑으로 행복하세요.^ㅎ^
◑ **서연/강봉희**
파도가 그리운 안면도로 오셔요. 그날 뵈요~~~~~~~~ 고은시향에 마음 네려 놓고 가여~~~~~~

기러기

깊어 가는 가을
낙엽이 쌓이며
어두움이 짙어가는 밤

밤이슬이
촉촉이 내리는데

차가운 창공에
끼룩끼룩
기러기 한 무리
울면서 날아간다.

이정표里程標 없는
나그네 길

희끄무레한
준령峻嶺도

빤짝이는
별들의 길 안내로

흐트러짐 하나 없는
대오隊伍로
잘도 간다.
새로운 꿈을 찾아서

기러기
지나간 자리

왠 일인지
알 수 없는 외로움만

새털구름 따라
흘러간다.

보중 강석정
가을의 정취가 풍기는 글 입니다.
竹虎/김홍만
노을 빛이 가슴 싸아할때 기러기 날아가면 왠지 왠지 더한 외로움을 느끼곤하지요. 문재학 시인님 고운글 감상 잘하고 갑니다 풀판 기념회에서 뵙겠습니다.
소당 김태은
깊어가는 가을에 기러기떼를 보고 알수없는 외로움을 느끼면서 시를 쓰셨군요. 머물다 갑니다. 감기 조심하세요.
성산
여유당님들도 기러기 무리지어 울며 날아가듯 카페지기이신 소당님을 따라 흩트러짐 없이 일취월장하라는 뜻으로 이해하겠습니다. 감사합니다.
해솔
철새중에서도 제일 먼저 찾아오는새가 기러기이지요.
좋은시 잘 감상하고 갑니다.

옹달샘

작은 파문波紋 일으키며
수정같이 샘솟는 옹달샘

소금쟁이 긴 다리가
사뿐사뿐 지나간다.

노래하다 지친 멧새들
찾아와 갈증을 풀고

목마른 산짐승도
문안 인사를 한다.

실바람 타고 날아온
고운 단풍잎 배 띄우고

떨어지는 낙엽 가지 사이로
새털구름도
말없이 흘러 든다.

밤이면
정적靜寂을 몰고 오는 달빛과
별들이 노니는 옹달샘

날마다
찾아 드는

뭇 사람들의
흔적이 녹아 있는 심 터

옹달샘

◎ **성산**
여유당도 옹달샘처럼 삶의 향기와 흔적이 묻어나고 물결차는 곳이지요?
◎ **산나리**
산행하다 물이 떨어졌는데, 옹달샘 만나면 그리 반갑지요. 편히 쉬었다 갈 수 있는곳 바로 여유당 이지요. ^^
◎ **竹虎/김홍만**
옹달샘 어쩐지 정겨움을 주지요 고운글에 쉬어갑니다

찬 서리

하얀 달빛을 닮은
찬 서리

소리 없이 내리네
기나긴 새벽에

온 누리에
서툰 화장化粧을 한다.
구르는 낙엽에도 하얗게

서릿발의 광채光彩
밤마다 세워보지만
허물어지는 꿈으로 남는다.

초겨울의 길목
차가움의 여정旅程도
아물지 않은 상처傷處도

모두
아침 햇살에 젖고

쓸쓸한 가슴에
허무만
조용히 내려앉는다.

李基銀

문재학시인님... 고운 시향에 머물다 갑니다. 행복한 저녁시간 되시고 주말 내내 좋은일만 가득이소서...^^*

서연/강봉희

소산님 쓸쓸한 요즈음이지요... 허무만 싸이구요. ㅎ 고은시향 마음 같이 합니당 ㅎ

소당

낙엽위에 하얀 서릿발 의 광채 ....초겨울의 길목......매일 매일 시심이 부럽습니다.

성산

찬 서리 아침 햇살에 빛나며 녹아 세월따라 쓸쓸해진 가슴으로 느껴진다는 멋진 시 감사합니다.

센스

아침에 일어나면 서릿발이 하얗게 내려있는 계절이 이제 왔네요~^^

삶의 풍경

사계

파란 하늘가로 흐르는/산들바람이/속삭이네요. 가만히/봄이 왔다고//뫼 새들 재롱 소리에/기지개 켜는 봄//따사로운 햇살 그리는/작은 생명/숨소리에 생기가 돈다.//꽃샘추위 걷어내고/붉게 부푸는/명자 꽃봉오리/봄의 꿈이 여유롭고//실버들 가지/미풍에 하늘거리는/연초록 향기에/억제할 수 없는 춘심이/감미롭다.//봄이 왔네요/향긋한/풀 내음 향연 속으로/소리 없이// –봄이 왔네요 전문

기다리는 봄

산자락 殘雪의 찬 공기
코끝에 남았지만

고목나무 끝에
찬바람 잦아지면

물안개 흩어지는 개川
버들강아지는
솜털 모자 흔들며
봄을 재촉한다.

和風에 실어오는
봄의 향기

마음은 벌써
그리운
물새 우는
아지랑이 피는 곳으로 달린다.

묵은 마음 털어내고
따뜻한 태양아래
고운 빛깔 빚어내는
꽃피는 봄

넘치지 않을
생명의 환희
그 봄을 기다린다.

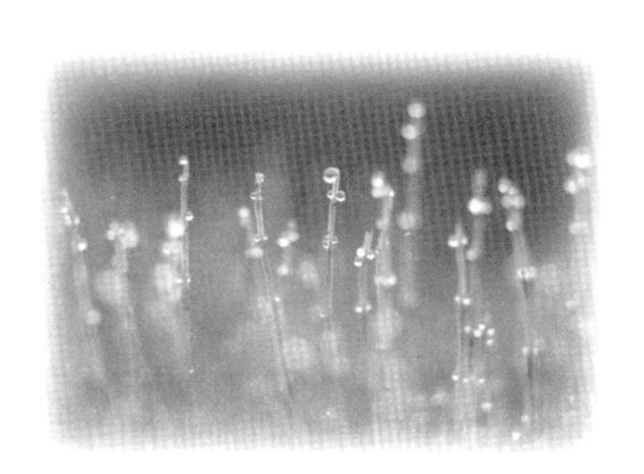

◔ **松岩 김은재**
겨울이 깊어지니 어찌 봄이 멀었으리요. 소 대한 다 지낫으니 입춘도 얼마남지 않했네요.
문운을 빕니다...
◔ **가원 김정숙**
겨울 추위 속 봄을 느끼는 바람이더군요. 봄이 머지 않았나 봅니다. 건강하셔요 ^^
◔ **竹虎/김홍만**
봄날을 기다리는 마음 글보며 포근함을 느낍니다 고운시향에 머물다 갑니다 감사합니다.

가을 나무

쓸쓸한 가을바람
옷깃을 스치니

무성했던 나뭇잎
마지막몸부림
고운 단풍으로 불 태우고

바람이 일 때 마다
한 잎 두 잎으로 버티다가

찬 서리 동반하니
우수수
떨어진다.
삶의 기억을 지운다.

휑하니 뚫린 가슴으로
쏟아지는 외로움도
견디기 힘든데

모진 바람 계속 부니
나목裸木은
서러움에 겨워
구르는 낙엽과 함께 운다.

바꿀 수 없는 운명
체념 속에
인내를 배우며

훈풍薰風부는 봄을
기다리는 구나.

◔ **김완구**
외롭고 쓸쓸한 가을이 오겠지요. 특히 사랑하던 사람 여윈 슬픔에 젖어. 그러나 희망을 잃지말라는 가을나무의마지막 춤사위, 아름답습니다.
◔ **仁塘/윤명숙**
바꿀 수없는 운명 체념속에 인내를 배우며 소망가운데 가디라는 미학을 배워봅니다. 고운 글에 감사드립니다. 늘 건필하소서. ^ㅎ^
◔ **산나리**
찬바람에 우수수 떨어지는 낙엽을 보면 누구나 같은 마음일 거에요. 소산님 처럼 표현을 못할뿐이지.... 늘 --건강하세요
◔ **성산**
裸木은 서러움에 겨워 구르는 낙엽과 함께 운다. 떨어져간 삶의 분신 낙엽에 대한 애달픈 이별의 정으로 아프게 묘사했습니다.
◔ **소당 김태은**
가을이 가고 있네요. 노란 은행잎이 땅바닥에 딩글고....왼지 쓸쓸함이.....
◔ **센스**
50이 힐씬 중년 남자분들은 떨어지는 낙엽을 보면 왠지 눈물이 난다고 합니다~ 소산님의 시를 읽으며 그럴만도 하다 생각되네요~^^ㅎㅎ

봄기운

잔설殘雪을 걷어내는
산들바람 일고

먼 산으로 흐르는
봄기운
양지쪽 산자락을 타고
휘감아온다

앙상한
나무 가지 사이로
산새들의 지저귐 소리
활기찬 율동에
묻어나는 봄기운

혹독한 추위
긴 동면冬眠
인고忍苦의 가지마다
연초록
탄생의 꿈이 부푼다.

◔ 담향/김종임
입춘이 지났으니 매서운 한파도 갔겠지요..글 감사히 잘보고 갑니다
◔ 김인선
봄이 오는 소리가 아름답습니다.. 한 주 행복하게 보내십시오^*
◔ 이뿌니
입춘이 지났으니 곳 이런 날이 오겠지요.연초록색 넘 이뿌죠
◔ 석옥숙(23회)
손끝을 내밀어보니 봄기운에 닿을듯 합니다
◔ 자수정(안경자 29회)
긴 겨울 잠에서 깨어난 만물들이 우리들 맘을 행복하게 해 주리라 믿습니다^^
◔ 소당/김태은
봄내음이 물씬 풍기는 고운 시어에 감동을 받습니다.

가을 바람

대지에서 솟아나는
시원한 냉기가
가을바람 되어 부니

풀벌레 울음소리
더욱 처량하다.

황금물결 일으키는
가을바람은
살랑살랑
부푼 꿈을 실어오고

사각거리는
억새 바람은
산 능선을 타고 내리면서
푸른 잎을
오색으로 물들인다.

고추잠자리 거느리고
가냘픈 코스모스
찾아가는 가을바람

창공에 분진粉塵을 밀어내니
파아란
높은 하늘만 남는다.

☉ **남상효**
가을바람도시원하고 시인님의 시심도 시원합니다 문운하세요
☉ **보중강석정**
한 가을속에 서 있는 느낌입니다.
☉ **仁塘/윤명숙**
파아란 높은 하늘이 아름다운 계절입니다. 고운글에 다녀갑니다. 늘 건필하세요.^ㅎ^
☉ **문광 윤병권**
밤하늘 달빛 아래 풀벌레는 설게 울고 / 임 소식 기다리며 밤새워 뒤척일 때 / 스산한 바람 소리만 은하수를 가른다. /잠시 머물다 갑니다. 항상 건운이 함께 하시길 기원합니다. ^^*
☉ **李基銀**
가을빛 가득한 고운시향 마음에 담습니다. 문재학 시인님... 즐거운 주말 되시고, 건강, 건필하심을 기원합니다.
☉ **가원 김정숙**
구름낀 밤하늘 ... 상큼한 가을바람을 음미하며 쉬어갑니다 ^^

봄비

봄비가 내린다
희끄무레한 물안개 품고
조용히

대자연의 포근한 情感
그것은 따스한 리듬이다
生氣있는 리듬

덩달아 마음은
鮮明한 大氣속으로
결코 멈추지 않는
푸르럼의 波紋이 인다

자연의 攝理는
고요한 침묵 속에
빗소리로 흐르며

나뭇가지에 떨어지는
방울방울 빗방울
찌던 때 씻어 내고
삶을 헤아린다.

봄의 뿌리를 키울
精氣를 모으는 대지에
새로운

蘇生의 봄비가 내린다.

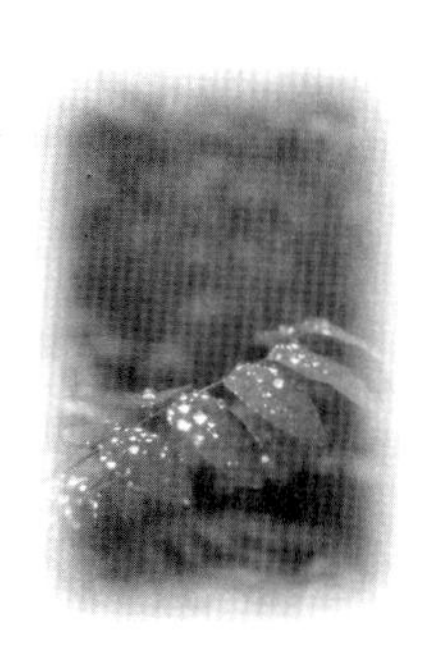

◔ 嘉園 김정숙
빗줄기가 제법 굵직한 봄비가 바람과 함께 내리고 있네요. 생명의 젖줄로 듬뿍 내렸으면 좋겠어요. 시인님! 건강하셔요 ^^
◔ 여름이
따뜻한 정기를 품은 새로운 생명의 잉태를 꿈꾸는 봄비 아름다움에 취하였습니다.
◔ 설화
아름다운 글속에 잠시 쉬어갑니다.
◔ 안개 남우현
자연의 攝理, 봄을 재촉하는 비가 우리들 마음에도 내리는것 같습니다, 좋은 글에서 머물다갑니다,
◔ 시인 김현만.
그래요 소생의 봄비가 마음속으로 흐릅니다.. 힘찬 봄을 맞으세요

겨울 바다

일상생활에서 벗어나
찾은 바닷가

숨 막히게 깨끗한
초록빛 바다
淸雅함이 가슴을 뚫는다.

불타던 푸르름의 情熱
모두가 떠난 백사장
사각거리는 발자국 소리
유난히 크게 들리고

스산한 마음에
무심한 파도
끝없이 밀려와
긴 여정의 종점에
포말을 일으킨다.

차가운 바람조차
산산히 부서지는 바다
시간은 무겁게 흐르고
갈매기 소리도 떠난
쓸쓸한 바다

남아 있는 미련
수평선으로 멀어지는
여객선에 실어 보낸다.

竹虎/김홍만
겨울바다가 무척 보고싶어지네요 좋은글 고맙습니다
이은협
언제나 다정하신 소산님 시 감상 잘했습니다. 감사 드립니다
한지희
여름에 북적이는 바다보다 겨울바다가 멋스럽지요. 갑자기 겨울바다에 가보고 싶어집니다...^^*
소당 김태은
겨울바다遠 水 連 天 碧 ...... 겨울바다 ...... 쓸쓸하고 춥지만 청아함이 가슴을 뚫어주지요 멋진 시"에 머물다 갑니다.
시인 김현만.
어느해 대부도 해안에서 바라본 겨울 바다는 아무런 이야기는 없어지만 지금도 뇌리에 박혀있는 그날에 환상 또다시 이창에서 그려봅니다. 이슬처럼 맑은 겨울바다를 보았습니다. 감사 합니다.

봄이 왔네요

파란 하늘가로 흐르는
산들바람이
속삭이네요. 가만히
봄이 왔다고

뫼 새들 재롱 소리에
기지개 켜는 봄

따사로운 햇살 그리는
작은 생명
숨소리에 생기가 돈다.

꽃샘추위 걷어내고
붉게 부푸는
명자 꽃봉오리
봄의 꿈이 여유롭고

실버들 가지
미풍에 하늘거리는
연초록 향기에
억제할 수 없는 춘심이
감미롭다.

봄이 왔네요
향긋한

풀 내음 향연 속으로

소리 없이

여름이

소산님의 시에 제가 봄바람 나겠네요. 왠지 옷도 사고싶고 가슴이 설렙니다

소당

작은 생명 숨소리가 들리는듯..... 향긋한 풀내음...... 감미로운 시어 .... 시심이 부럽습니다.

石山 金永準

봄이 왔네요. 머물다 갑니다.

竹虎/김홍만

오늘까지 돌풍이 분다하니 이제는 완전한 봄이네요 늘 고운날 되세요

한여름의 녹음

윤기 흐르는 잎새 사이로
뚝뚝 떨어지는
푸르럼의 그림자

뭇 사람이 반기는
시원한 공간
더위에 지친 땀방울
가슴까지 걷어내네

바람도 잠든
한낮의 정적靜寂
스르르 찾아드는 오수午睡

간단間斷없이
녹음을 흔드는 매미소리
시샘을 하면

팔베개위로 펼쳐지는
끝없는 상념 따라

싱그러운
녹색의 향기가
한가로이 피어오른다.

◔ **미연**
매미소리 들어본지 오래되었네요 아름다운 시어에 머물다 갑니다.
◔ **竹虎/김홍만**
녹음이 진할대로 진해서 검은 빛을 띄고 있네요 고운글 감사합니다
◔ **石山 金永準**
한낮 잠깐의 오수는 활력소이지요.
◔ **여울**
말은 안해도 할말을 다하는게 나무인것 갔습니다.
요즘 나무그늘 한없이 고맙지요.
◔ **잎새**
실록의 녹색향기 눈을 상쾌하게 하고 마음을 싱그롭게 해서 행복함이 배가 되지요...
◔ **아쿠아**
한여름 날의 매미 소리에 졸음이 오듯 졸려서.. 좋은밤 되세요^^

가을 간이역

시끌벅적한 영화榮華는
옛이야기

한산閑散한 간이역簡易驛
기적소리 울리며
바람을 가르고 찾아온 열차

상면相面의 기쁨도 잠시
아쉬움 남긴 체

흩날리는
낙엽 속으로 사라진 자리
생기 잃은 들국화가 지킨다.

만남의 기약은 야속野俗하고
쌍 가닥 철길 위
생업生業찾아 떠나간
그리운 님의 모습 어리네

시간이 흘러도
적막寂寞만 쌓이고

파란 창공에
시름을 달래주는
흰 구름만 한가롭다.

◑ **서연/강봉희**

선생님 안녕하셔요... 그리운 님이 있다는것은 행복이겠지요. 부럽습니당 ㅎㅎㅎㅎ님의 고은시심에 마음 같이해봐요~~

◑ **남상효**

가을을 보내며 가을을 보내는비를보며 세월감이 야속하네요. 고운글 감사합니다.

◑ **성산**

기적소리만 이 마음 알고 갔겠지! 라고 느껴지는 고향의 철길을 걸으며 통학했던 어린 시절도 생각나네요.

◑ **센스**

만남의 기쁨과 이별의 아쉬움을 동시에 느낄수 있는곳이지요~^^

봄은 그렇게 오고 있었다.

양지바른 담벼락 아래
틈을 헤치고
쏙 솟은 연초록 새싹

목을 느리고 보노라면
알 수 없는
생명의 신비에 魅了되고

볼수록
빠지는 깊은 상념
가슴에 벅차오르는
강인한 힘
봄기운이 인다.

짹짹거리는
굴뚝새 날개 짓에도
조용한 微風에
일렁이는 푸른 대나무 숲에도
봄의 숨결이 돈다.

부드러운 햇살에
처진 어깨 추스르고
만물이 꿈틀거리며

희망의 봄은
그렇게 오고 있었다.

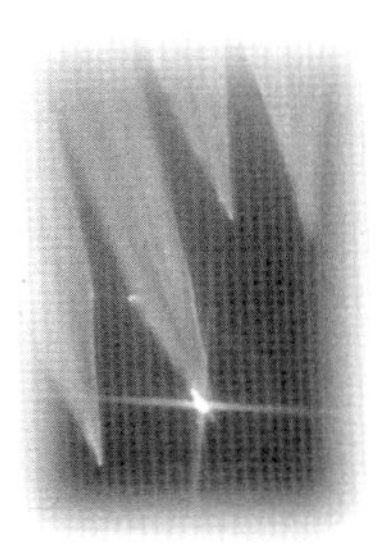

嘉園 김정숙
부드러운 햇살과 함께 땅 속의 봄을 깨우는 심장 소리마저 들리는 듯합니다. 건강하셔요 ^^

하늘 김주현
일렁이는 대나무 숲에서 분명 봄은 화려하게 오고 있을 것입니다..... 봄비 내리는 어느 날 힘차게 솟아오를 죽순이 꿈틀거리고 있을 것입니다

여름이
낙엽을 헤치니 연녹색 풀이 앙증맞게 나오고 있더군요. 문득 예쁜 원피스 하나 사고 싶어졌어요.

여울
자연이 푸르름을 찾아 갈 때 사람들은 두터운 겨울옷을 벗고 봄옷을 꺼내 입지요. 이 모든 것은 어떠한 약속에 의해서 이루어 지는게 아니라 순환의 진리 앞에 자연과 인간이 순응하는 것이지요.감사합니다.

소당
만물이 소생하는 봄이 오고 있는 고운시 잘 보고 갑니다.

가을 숲의 향기

빛과 바람이 흔들리는
가을 숲

남아있는 생명의 온기溫氣
상쾌한 바람타고
붉게 넘실댄다.

파란 하늘
부서지는 햇살이
스며드는 숲속
가을 향기가 눈부시다.

가을을 거두는
다람쥐의 재롱에
이끼 낀 바위 숨죽이고

청초淸楚한 들국화 향기
그윽한
농익은 가을

어느 날엔가
고목古木에 찬바람일면
가을의 향기
낙엽으로 흩날리겠지

⊙ **多情 오순옥**
고은글 마음에 담습니다^^*행복가득 하십시요~!!
⊙ **연지**
가을향기 낙엽으로 흩날리고 인생도 가을 낙엽처럼 언젠가는 흙으로.....고운 시에 취하고 갑니다.
⊙ **소당 김태은**
가을 향기가 상쾌한 바람타고 이곳까지 붉게 넘실대는 고운시~~ 감사합니다
⊙ **竹虎/김홍만**
이대로 시간이 정지되면 좋겠습니다 참 아름다운 가을입니다
⊙ **안개 남우현**
푸른 하루는 지나고 붉게 넘실되는 하루, 가을의 향취속에 고목의 생..., 쉬었다 갑니다.

가을 어느 날

보령시 오 서산烏棲山 칠백구십 미터
산행山行시 날라든
믿기지 않는 짝사랑 여인의 비보悲報

테니스와 등산으로 다져진 건강健康인데
불의不意의 사고란다.

강산江山이 네 번 하고도 반半
긴긴 세월 동안

남몰래 키워온
소중한 연정戀情의 보석
산산이 부서진다.
그냥 모든 것이 무너졌다.

허무虛無한 인생
한없는 비애悲哀
바람처럼 왔다가
이슬같이 사라지는 비운悲運이였다.

낭랑한 음성. 고운 모습
대중大衆속에 있으면 유난이 돋보였던 당신
생각 할수록 더 애틋하다.
가슴 저미는 상흔傷痕이다.

이제는 어디에서도 찾을 수 없는
당신의 모든 것

천근만근 어두운 그림자 되어
동행同을 한다.

오늘
이 길道도
당신이 지나간 길

억새풀 사이로 떠오르는
당신의 환영幻影

부디
단풍잎 짙은 산천山川
들국화 향기 가득한 곳에
편안히 영면永眠 하시길
두 손 모아 빕니다.

시인 김현만.
애듯한 그리움의 조각들이 들꽃이 되어 바람에 나부끼는 저녁창에 갑작스런 비보에 얼마나 놀라셨는지요 아름다운 마음을 저높은곳에 계시는 님도 알거에요 가을 깊어가는데 쓸쓸함이 머물다 갑니다. 저도한 永眠을 기원드립니다

산나리
이미 저세상에 가신 그분을 아직도 그리워하며 그분과 동행 하시며..... 산행 하시는 소산님 뒷모습에서... 그자리에 낙엽은 수북히 쌓이는데.......

소당 김태은
애잔한 시어속에 한참을 생각해봅니다. 짝사랑 여인의 비보...... 가슴이 저려오는듯.... 애뜻한 마음 안고 갑니다.

센스
짝사랑하던 사람을 잃어 버린 슬픈 마음...고인의 명복을 같이 빌어봅니다~^^

함박눈

흰눈이
펑펑 쏟아진다.
마음은 동심에 뛰놀고

티 없이 맑은 시절
아름다운 추억이
송이송이 내린다.

세상의
모든
소음을 삼키면서

고요한 환희가
온 누리에 퍼진다.

인간사
온갖 감정을
하얗게 지우면서

마냥
포근히 내린다.

산비둘기
퍼덕거리는 산하

상쾌한 기운이
생기를 더 하면서

밀려오는
하얀 희열
허공에 나풀거린다.

미연
티없이 맑은 시절이 생각나는 시"속에 잠시 쉬었다 갑니다.
산나리
눈이 오는 날은 소음도 더러움도 눈속에 파묻혀... 그시절 눈내리던 날에 동화속 그림같은 하얀 추억이 아련히 떠오릅니다. 소산님도 오늘 함박눈이 내리는날 이리도 아름다운 시를..... 즐감했습니다. ^^
곤쇠녕감
허공에 마음을 날리면 못된 욕심도 없어지겠죠? 잘 읽고 갑니다. 고맙습니다.
시인 김현만.
겨울 아침창 쏟아붇는듯 날이는 눈속에 녹아 내리는 지난 세월하얀 그림자속으로 물들어 가는 모습을 담아 허공속으로 날려 보네시고 계십니다... 산비들기 구구데는 겨울 아침 선생님 글안에서 행복 했습니다.
안개
지금도 밖에는 함박눈이 내리고있습니다, 님의글 되뇌이면서 송이송이 내리는 눈을 바라 봅니다,

가을 비

희끄무레한 산 능선 따라
가을비가
바람을 타고 부슬부슬 내린다

고운 단풍잎에
방울방울
젖어오는 추억의 그림자
무심한 바람이 인다.
미련未練의 안타까움이 흔들린다.

가을비 내리는
그
길
소중하고 아름다운 흔적痕迹
낙엽을 닮아가고

스잔한 가을
빗물에
떨어지는 낙엽 한 잎. 두 잎

함몰陷沒되는 내 마음 한구석에
고독으로 다가와
그냥
눈물이 된다.

가을비
외로움의 상처를 키우면서
하염없이 내린다.

◔ **남상효**
가을을 보내며 가을을 보내는비를보며 세월감이 야속하네요. 고운글 감사합니다.
◔ **시인 김현만**
가을 비오는거리에 내몰린 낙엽들이 갈곳을 몰라 천방지축 휘날이는 쓸슬항 풍경은 그누가 쓰다만 습작일까요. 아마 소산님 작품일껨니다.
◔ **센스**
가을비는 더 쓸쓸한것 같아요~낙엽도 한잎두잎 떨어지고 고독으로 마음 한켠이 외로워지는... 사와 얼을 되세겨 보았습니다.
◔ **산나리**
가을비 읽으면서 가요 한 구절이 생각납니다. "정다웠던 그손길 목소리 어딜갔나...... 가을비 우산속에 이슬 맺힌다"
◔ **성산**
외로움의 눈물을 낙엽처럼 떨구면서 아름다운 흔적을 남겨보는 시 감사합니다.

여름 밤

짧은 여름 밤이
더위에 뒤척일 때면
어찌나 긴지

밤이 깊어 갈수록
풀벌레의 울음만
코러스 되어
귀 전을 울린다.

그래도 버팀목은
초가을
귀뚜라미 울음소리 연상에
무더위 조금 걷히고

지나간 세월 속의
상념에 빠져들 무렵이면
어느새
새벽 찬 공기가 찾아와
잠이 든다.

신체리듬에 맞지 않는
불면의 밤도

풀잎 타는 모기 煙氣의
고통(?)도

굴곡을 지나가는 삶

여름 밤을 이겨내는
우리의 소중한
추억이 된다.

◔ **성산**
불면의 여름밤 무더위를 가을 귀또라미 생각으로 이겨내는 상상의 최면 공감합니다.
◔ **태산**
무공해의 시골 여름밤을 잘 나타내셨네요 풍류 작가 같이 멋있게 지내십시요.
◔ **한지희**
소산님 안녕하세요? 처음 인사드립니다. 유독 더위를 많이 타는 저는 그래서 여름을 별로 좋아하지 않는답니다.
◔ **산나리**
무더운 여름밤이 지루해 초가을 알리는 귀뚜라미 울음소리 그려 보지만 ...아, 그때가 되면 세월의 흐름속에 허전한 가슴을 어찌 달래려 하십니까.... ^ ^
◔ **해솔**
소산님 반가워요,,, 여름밤이면 저는 새벽 찬공기가 너무 좋아 저도 그때야 단잠을...

가을의 문턱

쓰르라미 소리 처량凄凉한
가을의 문턱

알록달록 풋대추
영그는 소리
실바람 냉기冷氣타고 들려온다.

별빛이 쏟아지는 밤
가을을 재촉하는
풀벌레소리
촉촉이 아침 이슬에 젖고

들판에 넘쳐나는
구수한
벼이삭의 숨소리도
한 여름의 열기를 씻어낸다.

가을이 온다.
빨간 고추잠자리 군무群舞속으로
소리 없이
살금살금

◌ 賢智 이경옥
벌써 고추 잠자리 하늘을 날고 있어요. 서늘한 바람만 기다립니다~~~~~
◌ 海岩/정미화
무덥던 여름도 슬그머니 자리를 내주겠지요. 곧 다가올 가을이 기다려집니다. 고운글 감사합니다.
◌ 竹虎/김홍만
빠알간 고추잠자리가 비를 피해 빙빙 돌고 있네요 고운글에 머물다 갑니다.
◌ 이은협
선생님 안녕 하신지요? 강릉 가을 문학기행 함께 하지못해 이쉽습니다.
◌ 안개 남우현
비가개인 조용한 늦은밤 멀리서 오곡들의 속삭이는 소리가 들리는 듯 합니다,
◌ 아쿠아
시인에게는 시간의 흐름안에서 온갖 소리며 형형색색의 아름다운것들이 마음안에 가득한 것 같습니다. 잠자리의 군무가 시작되면 이미 가을의 문턱안에 있는것이지요. 인제에서도 달과 별을 보았답니다. 달은 달인데 똑같은 달이 아닌듯..ㅎㅎ

늦 가을의 길목

파란 창공에
찬 공기 짙어가는 늦가을

황금들판엔
수확의 잔해殘骸가 늘어가니
마음의 공허空虛를 채워줄

그 님
더욱 그리워진다.
따뜻한 벗의 손길도

쓸쓸한 마음
영육靈肉의 세월이 이순耳順을 넘어
저만치 흘러가며
늦가을을 닮아간다.

어찌하랴
한 주먹 남아 있는 회한悔恨을

가냘픈 나뭇잎
가지 끝에 매달려
찬 서리에 울 때

가눌 수 없는 고독
그냥

함께 울어볼까

늦가을의 길목에서.

◌ **李基銀**
문재학 시인님...고운 시향 마음으로 보듬고 갑니다, 만추의 저녁 스산함 보다는 따뜻함이 기를 기원합니다.
◌ **서연/강봉희**
그리워할 님이 있다는것은 행복이겠지요..
◌ **竹虎/김홍만**
이때면 이별을 할 시간이네요 문시인님도 서운함을 보이시네요 고운글 감상 잘했습니다 늘 건필하세요

겨울 밤

귓전을 울리는 바람소리조차
외로운 겨울밤

흰눈보다 시린 달빛
창백한 달빛
가슴으로 파고든다.

잠 못 이루어 뒤척이며
상념의 나래를 타고 오는
당신의 고운미소
마음을 흔드는 추억의 꽃

정염情炎을 불태우는
부드러운 숨결
방안가득 향기로 피어날수록

당신을 그리는 마음은
긴긴밤을
하얗게 지새우는
애잔한 흐느낌이 된다.

◔ **원산지 순천**
겨울밤 흰눈보다 시린 창백한 달빛 가슴으로 파고들어 잠 못이루는 날이 많네요~고운 시향
담아봅니디~^^*
◔ **소당/김태은**
이로운 겨울밤 ... 님을 그리는 애잔한 시어입니다
◔ **제일/정영진**
겨울밤은 유난히 길게 느껴지지요. 외로움이 더욱 다가옵니다 건안하세요.
사와 얼을 되세겨 보았습니다.
◔ **29회백재용**
긴겨울밤 찬바람 불어오는 고향의 뒷동산 청초한 달빛아래부엉이 울부짖는 애절한 소리인양 가슴으로 스며드는선배님의 따스한시어 잘읽고갑니다~
◔ **문경자(21회)**
세미실의 겨울 밤이 생각납니다. 호롱불 가물거리던 초가집 옹기종기 모여 앉아 밤새는줄 모르고 옛날 이야기에졸음을 참으며 듣던 때가 그립네요.

단풍의 계절

그토록 무성했던 푸르름
시월의 그늘아래
싸늘한 바람 타고 온
세월의 무게를 못 이겨

만산滿山)에
울긋불긋한 단장丹粧
단풍의 향연饗宴을 펼친다.

화려華麗한 단풍
풍성한 가을인데도

까닭없이
허전한 가슴
붉은 상처를 내면서
단풍을 닮아가는 계절

하늘이 파랗게 높아 갈수록
마음의 공허空虛는 커가고

깊이를 가늠할 수 없는
쓸쓸한 심정

낙엽의 연서戀書로
곱게 물들려

단풍을
환호歡呼하는 군상群像속에
띄워 볼까

행여
찾아 주는 이 있을지.

소당
짝사랑의 여인은 낙엽따라 가 버리고......허전한 가슴...... 누가 알까.........

성산
단풍을 닮아 마음에 붉은 상처내며 쓸쓸해 하는 시심에 저으며 공감합니다.

센스
가을엔 예쁜 단풍에 낙엽 넘 멋진 계절인것 같아요~^^

산나리
오색으로 물든 단풍을보며 자연의 신비를 느끼며 아름다움을 ..... 하지만 어느 순간에 잎은 다 떨어지고 나목으로 서있을때 말할 수 없는 공허감 허전함을......

삶의 풍경

머언 나라 그 곳에서

누구나 바라는 삶/환경(環境)따라 개성(個性)따라/천태만상(千態萬象)의 인생//부단(不斷)한 노력으로 단련(鍛鍊)된/심신(心身)으로/힘들었지만 극복하고//그 어려웠던 시절이/아름다운 추억으로/남는 행복//생각을 바꾸어/작은 것에 만족할 줄 알고//조금 더 양보하고/조금 더 베풀고/봉사하는 마음으로 여유를 늘리자.//여기에/같은 길을 걸어도/약해지지 않는 행복이 있다.//좋은 친구 사귀/여유(餘裕)를 즐기고//심미적(審美的) 안목을 길러/여가(餘暇)를 즐기는 삶//이 모두가/행복한 삶이 아닐까// -행복한 삶 전문

워싱턴 두여인

천금 같은 시간 속에
소중한 삶 풀어놓고
미 서부를 찾은 칠십 고개 두여인

굴곡의 세월 때문인가
잔주름에 가녀린 모습
상냥한 음성에도
이역만리 타향살이
고달픔이 묻어난다.

고운 미소의 향기
가슴을 적시는데

만났다. 헤어졌다
다정한 손짓에
피어나는 삶의 향기

애틋한 그 모습
까닭모를 연민의 정이 인다.

기약 없는 세월에
흐려진 기억이라도
마음에 새겨본다.

워싱턴 두 여인

◔ **이뿌니**

소산2님 나에 모습을 보는 듯한 시..... 아마 저는 워싱턴에 한 여인 이라고 재목을 붙이고 싶군요. 감히....... 잘 읽고 갑니다,

◔ **소당**

기약은 없지만 마음에서는 떠나지 않을것 같으네요. 즐거운 여행 눈에 선 합니다.

◔ **청담 추연택**

다녀갑니다. 재미있는 여행 짐작이 갑니다.

◔ **竹虎/김홍만**

머언 곳에서 두 여인의 정을 그리셨네요 감사합니다.

그랜드 캐년

황량荒凉한 사막, 모래길
열 시간 달려 찾은
그랜드 캐년

조물주의 위대한 조화
천리 길 대협곡에 넋을 잃고

경비행기 날개 짓도
끝없는 공간에 숨이 차다

설레임의 기대를 넘는
장엄한 자태

가슴을 떨리게 하는
알록알록 단층斷層의 아름다움
거대한 단애斷崖의 절경

꿈틀거리는 푸른 물줄기
콜로라도 강

끊임없이 담아내는 풍광
자연의 비경이
탄성의 발길을 모은다.

◔ **소당 김태은**

85년도에 가본 그랜드캐년 지금도 기억이 생생해요 경차타고 무서웠던 생각~~ 시상이 부럽습니다

◔ **석옥숙(23회)**

끊임없이 담아내는 풍광, 자연의 비경~

◔ **청담 추연택**

사진으로만 보든 그랜드캐년 직접 눈으로 본 그감격 짐작이 갑니다.
근사한 모습 아주 멋있네요,
그랜드 캐년은 정말 가보고 싶은 곳입니다^^

◔ **덤덤**

웅장함으로 세계 최고인 Grand Canyon 가고 싶다~~ 사진으로나마 잘 보고 갑니다.

◔ **산정 장윤진**

여행이 행복했겠습니다. 건강하시기를 바라면서..

나이아가라 폭포

신이 빚어낸
거대한 나이아가라
난파선難破船도 위태로운

푸른 급류急流가 일으키는
분당 일억 오천만 톤.
물

지축地軸을 흔드는 굉음轟音
하늘높이 치솟는 물보라
안개비로 흩어지며
시공時空을 가른다.

헬기로
뱃머리로
속살을 파고들지만
좀처럼 들어내지 않는 비경秘境

살아 숨쉬는 자연
구백미터 장엄莊嚴한 광경

경탄驚歎의 소리도
넋을 잃은 시선도
포말泡沫되어 부서진다.

◑ **이뿌니**
저는 나이가가라 폭포를 보고 순간 유리 조각이 쏟아져 내리는 것 같았습니다,보는 사람마다 느낌이 다르지만 거대한 우리 조각 쏟아지는 소리 같았습니다,
◑ **소당**
시상이 부럽습니다. 나이아가라 폭포 구경을 못해서.....시로 잘 보고 갑니다.
◑ **센스**
언제가 될진 모르겠으나 나이아가라 폭포 보러 꼭 가야겠습니다~^^ㅎㅎ
◑ **청담 추연택**
나이아가라 폭포 꼭한번보고싶군요,좋은경치 즐감했습니다.감사합니다.

앙코르 왓 등

바위하나 없는 대평원大平原에
상상을 초월한 석탑石塔의 유적遺跡

대역사大役事를 이룬
수많은 사람의 흔적은
어디로 사라지고

장엄莊嚴한 기적(석탑)만 남아
팔백년 세월 거대한 검은 모습에
세계의 눈길
거센 관광의 불길이 이네

천년 고목이
적석積石의 틈을 파고, 감싸는
진기珍奇한 광경이랑

황토 벌판 곳곳에
섬세한 인류의 솜씨가
살아 숨 쉬는 열대의 나라
캄보디아

경탄驚歎의 발길이
유구한 역사 속으로 빠져든다.

◔ **춘강**
앉아서 앙코르왓을 보게 되다니... 감사합니다. 잘 보았습니다. 물론 詩까지.... 건강하시기를 바랍니다.
◔ **나무**
가보고 싶은곳입니다... 소산님 건강하세요^^
◔ **백초**
정말 멋진 사진 홍일점 ... 한분 시어가 더욱 아름답습니다.
◔ **소당**
앙코르 왓 사진을보니 소산님 보기 좋아요 참으로 시어가 훌륭하십니다 정말로......

황산黃山

억겁億劫의 풍우風雨가 빚어낸
신비神秘한 절경絕景
부드럽게 감도는
안개구름 사이로

기암절벽奇巖絕壁의
변화무쌍變化無雙한 자태
천상天上의 선경仙境인가.

와!
절로 터지는 탄성歎聲
천길 수직垂直의 절벽에
청송靑松의 메아리 되어
걸음마다 울리고

소원所願 비는 비래석飛來石
산 능선의 정상에서
안개구름 걷어 올리는
풍광은

눈과 마음으로
담고 담아도
넘치는 황홀한 황산의 비경秘境
세상의 온갖 번뇌煩惱를
흔적 없이 씻어낸다.

미련의 끈을 놓지 못할

石, 松, 雲의 黃山

◔ 석옥숙(23회)

사진으로만 본 황산에 오르는 듯이 감상해봅니다. 감사합니다.

◔ 아쿠아

詩心에 동화되어 黃山을 저만치서 본듯하니.. 참으로 오묘하고 신비로운 느낌입니다. 감사합니다.

◔ 태산

황산의 비경을 이렇게 멋지게 표현해주시니 안가도 본것 같은 경이로움을 느낍니다 무사히 다녀오심을 축하 합니다.

◔ 미연

황산에 다녀오신 흔적 시' 돌 소나무 구름 아름다워요

◔ 의제

황산의 비경이 눈에 아른거립니다.

◔ 여울

이 몸이 새가되어 비상할 수만 있다면 누구도 접근할 수 없었던 저 신비한 전인미 도처에 작은 정자를 짓고 영원히 안주하고 싶었지요. 지금 내 몸에 속세의 때가 덕지덕지 묻어 있으니 머물고자 해도 저 산이 받아주지 않으리라. 다만 멀리서 바라볼 수 있도록 허용하는 것만으로도 감사해야 하리. 그때 그 감격스러움이 다시 떠오릅니다. 감사합니다.

산프란시스코의 석양

베이 부릿지를 돌아
다가간 우람한 금문교

칠십년 세월을 자랑하는 위용威容
이구동성異口同聲 탄성. 탄성이다.

금문교에 걸친 눈부신 석양夕陽
저녁바다에 뿌리는
긴 빛살위로
뜨 가는 산프란시스코

마천루 산마루에
타오르는 저녁노을

여독旅毒에 시달리는
수많은 사람들
가슴을 물들였다.

지금도 떠오르네
아련히

네온처럼 흔들리는
추억의 산프란시스코

설화
좋은곳에 가셔서 추억을 남기고 아름다운 산프란시스코 의 배경 고운시에 머물다 갑니다.
미연
여행을 많이 다니시나봅니다 석양도 잘 담으시고... 시어도 아름답고 많이 배워야겠습니다 라스베가스에 오셨으면 연락 좀 주시지 그냥 가셨더군요.... 소당님이 전화번호 아시는데...... 기회를 놓치고... 내년 정모때나 뵐 수 있을련지

답변 : 소산

미연님. 반갑습니다. 그리고 고운 댓글 감사합니다. 사실 라스베가스에서 미연님 육성이라도 듣고 싶은 생각을 해 보았지만, 바쁘실 텐데 번거로울 가바 꾹 참았습니다. 내년 정모때 건강한 모습으로 뵙기를 바랍니다.

산나리
여기 저기 다니시는 소산님, 부럽습니다. 즐감하고 다녀갑니다. 추억의 샌푸란시스코도......^^
일범
소산 방장님 시어도.. 영상도 잘 보고 갑니다.
이뿌니
쎈프란 시스코가 미국에서 가장 살기 좋은 곳으로 선정된 곳이 아닙니까? 석양이 아름답군요. 그 다리에서 자살 하는 미국 국민들이 많다고 합니다, 너무 아름다워서 말입니다.

라스베가스

모하비 사막 불모지不毛地에
환락歡樂의 도시
라스베가스

현란絢爛한 네온불이
넘실대는 거리
빛의 늪 속으로
한없이 빠져드는 군상群像들

건물마다
카지노 카지노
욕망의 숨소리가 자욱하다

먼동이 창틈으로 스며들면
텅 빈 가슴안고
돌아설 줄 알면서도
환상을 쫓는 수많은 사람

끝임 없이
열사熱砂의 땅
라스베가스를 달군다.

◔ **소당**

라스베가스 쇼 를 보면 더 이상 다른 쇼는 봐도 싱겁지요?. 여자들이 얼마나 큰지 소산님 눈에... 시 와함께 동영상 잘 보았어요. 신나게 여행 잘 하셨어요. 여행방에 사진을 올려주세요. 수고 하셨습니다.

◔ **의제**

1972년도에 라스베가스 다녀왔는데 쇼는 보았지만 골드는 이제야 사진으로봅니다. 좋은여행 하셨습니다.

◔ **설화**

저는 아직 못 가봤는데 꼭 가보고싶네요. 좋은곳 다녀오셨네요.

◔ **김홍만**

구경 잘했습니다. 감사합니다.

◔ **이뿌니**

소산2님 낮에 보는 라스베사스는 너무 허무 해요. 사진 고맙습니다, 머신 한번 누르고 돈 좁 벌어 왔습니다, ㅋㅋㅋㅋㅋㅋㅋ

몽골

가도가도 끝없는
구릉지 초원

삶에 찌든 열차
외롭게 지나가고

곳곳에 산재한
판자 울타리 마을은
어설프기 그지없어

알 수 없는
측은한 마음 가슴을 짓누른다.

실개천 하나 없는 대초원에
점점이 떠있는 하얀 “게르”

한가로이
풀을 뜯는 가축들 뒤로

산 능선에 걸려 있는
뭉게구름
필설筆舌로 표현 못할
아름다움에 감탄이 절로 난다.

밤이면

눈이 시리도록 파란하늘
은가루를 쏟아 부은 듯
엄청나게 많은 별

그 찬란燦爛한 별빛에
숨 막히고
넋을 잃는다.

이 모두
뇌리腦裏에 떠나지 않는
추억의 몽골

소산
※몽골은 강우량이 한국보다 1/10 정도 년간 130mm내외로 대기에 수증기가 없어 지구상에서 가장 깨끗한 파란 하늘 가장 하얀 뭉게구름이 있고, 밤이면 한국의 맑은 밤하늘별보다 두 배나 많은 별들이 두 배나 밝은 별빛이 숨 막힐 정도로 아름답다. 그리고 혹자는 몽골 구름만 보고와도 비싼 여행경비가 아깝지 않다 할 정도로 구름이 아름답다. ※'게르'는 몽골 유목민의집

서연/강봉희
멋진시를 읽으면서 마음 같이 했어요.... 추억의 몽골.. 가고 싶네여 ㅎㅎㅎㅎ 건강하셔용~~

산나리
몽골은 가지 못했지만, 소산님 시에서.... 은가루를 쏟아 부은듯 많은 별들을 상상해 봅니다. 아.. 그 찬란한 몽골의 밤을........

소당
여행을 즐기시는 소산님 께서 시어도 멋지게 잘 쓰십니다. 엄청나게 많은별.....눈에 보이는 듯 합니다.

센스
시골에 가니 별이 초롱초롱 많이 반짝이며 보이더군요~ 몽골도 마찬가지인가 봅니다?

竹虎/김홍만
좋은글 잘보고 하루를 마감합니다.

하롱베이

설레임이 손짓하는
동남아 이국땅
하롱베이

파란 하늘이 맞닿는
수평선에 드리운
원시原始의 자태
바다위의 선경仙境

섬 사이로 누비는
목선木船의 뱃머리 따라
기묘奇妙한 기암괴석奇巖怪石
황홀恍惚한 변화에
파도를 잠재우는
탄성歎聲이 인다.

돌아보면
시선視線이 가는 곳마다
살아 숨 쉬는 자연의 절경絕景
삼천여점의 검은 보석들
잊을 수 없는 추억의 감동
정수리에 쏟아진다.

◔ **미연**
사진도 시도 멋져요
◔ **소당**
소산 방장님의 시상이 부럽습니다. 더 젊어지시고 볼에 살이....
◔ **여울**
저도 올 2월에 갔다 왔는데 영화 007 촬영장이었다고 하던데요. 그날이 생각납니다.
◔ **이클립스**
하롱베이 다녀오시면서 너무 멋진 시한수 지으셨네요..... 몇년전 저도 하롱베이를 배타고 가면서 저절로 시인의 마음이 되던데.... 그걸 글로 만드신분이 존경스럽습니다....~~..^^
◔ **태산**
항상 정감이 가는 고운 감성의 글을 보다가 오랫동안 볼수없어 허전하였는데 드디어 감상을 합니다. 건강한 모습을 뵈니 다행입니다. 항상 건필하시고요, 고맙습니다.
◔ **여울**
소산님처럼 시인이 될사람은 따로있나봅니다 저는 시가 나올정도로 좋은곳에서도 적당한 시구절이 생각안나는데...ㅎㅎ

문재학 시집 삶의 풍경

2011년 3월 21일 초판인쇄
2011년 3월 30일 초판발행

지은이 : 소산 문 재 학
펴낸이 : 이 혜 숙
펴낸곳 : 도서출판 신세림
100-015 서울특별시 중구 충무로5가 19-9 부성B/D 702호
등록일 : 1991. 12. 24
등록번호 : 제2-1298호
전화 : 02-2264-1972
팩스 : 02-2264-1973
E-mail : shinselim72@hanmail.net

정가 12,000원

ISBN 89-5800-107-0, 03810